生活劇場

朱曉劍——著

自序

有時，我們會被各種矛盾所困惑，總覺得事情未必那麼容易，但面對生活中的種種，不爽的事雖然可能占很大的比例，可還是需要繼續下去。在這種情況下，或許更多的是需要一點智慧，稱為減壓也好，療傷也罷，無非是把這種情緒排解開來。

生活中的許多事，看似一場場，連綿不絕，卻也有著機緣巧合的事，以及可能充滿各種橋段，正是這樣，生活才充滿了許多樂趣。

在剛寫這些故事時，開初只是覺得好玩，記錄下來，剛好有朋友所編副刊在改版，需要這樣的隨筆填充版面，於是，就一路寫下來，後來，我把他們張貼在博客上，有不同的回應，感慨的不少，仔細想來，這樣的經歷也是蠻好玩的。

生活豈只是好玩、有趣就能形容得了的，還充滿著各種不確定性，以及悲觀的情緒，但如果我們轉換一種視覺去看，可能就跟以前的想法大不一樣。也正因為這樣，生活才稱得上生活，雖然簡單、樸實，卻又不失掉它的本色——事實上，不管今天我們身處在城市，還是鄉村，總會有不好的情緒傳達出來，或許戾氣更多一些，與其這樣，不如更開心一點去看。

不過，生活不是勵志小品，而是不停轉換的角色，以適應劇場的需求——假若我們把生活本身看成劇場的話。在職場上，在朋友間，在家庭裏，哪一個才是真正的自己？有時，我也會迷惑，但如果割裂了看，可能很完美，但綜合在一起，那就是一個矛盾體了。而這恰如一本名叫《你以為你以為的就是你以為的嗎？》所說的那樣，我們以為的未必正確，也未必合理，不太符合人生哲學，但這又有什麼要緊呢？正是我們的角色轉變才讓我們對生活多一些體悟。

這樣的體悟彙集在一起，那不是一段傳奇，卻能讓我們感慨，人生可以如此多姿多彩。在生活劇場上，我們所需要做的不是華麗的詞語，或高深的哲學，而是將生活演繹得有滋有味一些，或許我們才不會在每一段人生旅程上，多一些遺憾。

這樣的道理，看似簡單，誰都能輕易懂得，然而，在日常生活中，我們卻很難做得更好，這背後的原因可能錯綜複雜，值得探討。但在這裏，我只想說的是，我們更要緊的事情不是在物質上有多豐富，而是因為心態的平和，就有可能讓生活本身多一些色彩。那麼，在回憶這些舊事時，是不是會多一些開心？

CONTENTS

CONTENTS

CONTENTS

CONTENTS

CONTENTS

CONTENTS

CONTENTS

第1輯

小職場

責任感

單位的旁邊有間茶樓，名曰「半畝園」。有段時間因為離的近，就經常趁午休時間晃蕩那裏去喝茶。在這裏喝茶不像茶樓裏一般有侍應生，連茶水都要自己親自來，但喝茶的趣味正不是這樣親力親為嗎？午休時間，懶得去樓下散步，一個人躲在茶樓裏，懶洋洋地喝一杯茶，偶爾發呆，不是小資勝似小資，這也足夠好。

但似乎這樣的時間越來越少，不是工作上有多忙，而是趁著休息時間，有同事提議去鬥一盤地主，或者聊聊工作的進度，這看上去蠻不錯，但不管怎樣，連休息時間都花在工作上，簡直是沒道理。有好幾次，吃過午飯以後，離上班的時間還早，老大就約著出去隨意散散步，說是散步，卻是邊走邊聊工作上的事，總是不得閒的模樣。

然而，同事之間平時除了工作上的聯繫，私下聯絡感情的機遇是相當的少，不僅如此，連吃飯、K歌幾乎都是公式化，弄得像工作餐那般的正式。某次聚會，原本是計畫吃火鍋，但考慮到吃火鍋的成本可能增加成本，就在咖啡館吃披薩，隨便吃幾樣小菜完事，酒水就不必準備了，結果想著來一場酒會，讓同事加深下印象，也沒辦法實施。K歌一人來一瓶飲料就打發掉了，弄得我都不好意思提下，是不是來瓶啤酒？這樣下來，業餘時間變得也很無趣。

話說這樣的職場經驗多少是缺乏創意的。還是搞創意產業呢？幾近扯淡吧，我給出的理由，創意嘛，首先應該是生活家，再不然就得懂得生活訣竅，有許多的生活智慧，不管境況的好壞都能過得有滋有味。但現在的職場，哪裏留得下更多的人情味，老闆看下屬，不過是看有多少剩餘價值可供利用，不管待多久的員工，一旦發現他（她）喪失了應有的價值，可能就變成公司的累贅，趕緊找個理由開除。

老闆這時或許會給出理由，現在經濟不景氣，公司各項開支都在增加，不節約點成本，哪兒能運轉的走？跟朋友閒聊，他說：「你太有責任感，總想事事都做得很認真，職場就是那麼一回事，你不必當真，這裏的假作真時真亦假，不管怎麼樣大家都是混口飯吃，沒必要投入太多感情，大家聚散也就不會多傷感。」

遇事呈祥

在職場上混了多年，棉花糖可以說是順風順水，有段時間還是遇到了煩心事，原因是她的同事覺得她做事速度太慢，結果什麼事都比別人慢半拍。於是，就來一場「政變」：直接找老大對話，力陳棉花糖的不是，怎說似乎都欠缺那麼一點。棉花糖呢，偏偏不在乎這個，對她來說，現在的年輕人還真是浮躁了些，別的不說，就連工作沒做好，都不是先找找自己的問題，反而看作旁人的判斷失誤。

棉花糖一回家就說：「真不得了，事還沒做好，都想當老大了。我好言相勸，年輕氣盛嘛，等他們明白了些道理，或許就知道什麼了。」

其實有句話她沒說，公司哪兒有那麼多時間把精力花費在這上面，職場上的打拚，還不都是靠個人修練。大家都在想著怎麼著掙錢，至於手段、技術似乎都是次要的，達到目的才是最關鍵的。

以前，我也遇到過這類事，那時搞一冊雜誌，新招了個人員，似乎對這個行當很熟悉，結果誰曾想，還沒做幾個月，他就來一場「革命」，把我做的事情都說成很糟糕的樣子，我當時很生氣。但現在想來，也就那麼一回事吧，遇到這樣的人趕緊繞著走，實在是怕麻煩，到底是一件事還沒做好，都爭著職位上的事，實在也沒多大意思。

話雖然這樣說，我還是覺得在職場上還是要講一些操守。以前時常有老闆說，做事情首先是做人，總覺得這是廢話，職場上哪兒有那麼多的道理可言，無非是先生存後發展罷了。現在想想，這也有一定的道理。不是職場有太多的學問，而是新職員還沒把事情搞伸展，就覺得自己不得了了，結果不美好，也就成為自然而然的事了。

遇到這事，棉花糖就請求換個崗位做，讓她們折騰去。好在這折騰也是一種歷練，自己到底有多大能量還是得靠事實來檢驗。後來，這撥人實在做不下去了，就走了，棉花糖「官復原職」，她沒得喜悅，倒是覺得這些人挺惋惜的，如果不折騰，好好做下去，大概也會有很不錯的成績。棉花糖總結說，在職場上，還是要服氣前輩的做法，不管如何，都有一些經驗可以借鑑。

其實，職場是大樹林，什麼鳥都可能會遇到，也沒啥稀奇的，關鍵是有個好的心態去做事，遇事才會呈祥。

推銷

小區門口時常有散發各種傳單的，賣房的、賣車的、賣化妝品的，可謂無所不有。各種各樣的推銷員操著不同的方言，聲調也各不相同，看那陣勢不知道是業餘做這個，還是專業精神。棉花糖很不滿意這樣：「小區就快趕上菜市場了，那就不需要出門去超市，就可以輕鬆購物了。」

未曾想，小區保安說：「你就知足吧，在我老家，買東西都是至少跑十里八里路的，也未必買到這麼多東西。」這話很有道理，雖然山區也處處通公路了，但買東西還不是這麼方便的吧。我以在鄉村生活的經驗也能想像的出。

「切，在城市裏，你見過多少這樣的。」棉花糖很不服氣。在她看來，像我們這樣的小區雖然算不上高檔，但也不算太差，好歹總是電梯公寓，周圍的小區也沒有這般高級的。

遇到這些賣東西的，不管好歹的，棉花糖可不大敢相信這個，原因是去年有一個女同學向她推薦了一款化妝品，說是馬薩迪斯，棉花糖沒聽說這個名字，但她總覺得叫個奇奇怪怪的洋名就是好東西，於是花了一千一百八十八元買了。結果用了不僅臉部起了化學反應，害得她好幾天不敢出門，上網再查馬薩迪斯，怎麼都找不見，才知道是上當了。一說起購物，我就拿這事開玩笑，棉花糖一臉正經：「這年頭被騙過不稀奇啊。」

話說棉花糖自從上當一次之後，就對各種推銷不感冒了。有時候遇到這事無法抵擋，就找理由推脫。有天，有人來推銷充電器，棉花糖痛陳上當史。那推銷員操著不太純正的普通話說：「你這就不對了，上當一次不等於推銷都是壞東西嘛，我承認很多推銷所推銷的東西都是偽劣產品，但我這個就大不一樣，產品合格證、保質期都是對頭的，再說這充電器也費不了幾個錢，到時候有問題了我再來調換，免費三年哦，才五十塊。」棉花糖想了想，還是覺得很划算就愉快的買下。

天上不會掉餡餅。這話還是很有道理的，棉花糖原本想著五十塊買個能用三年的充電器，簡直便宜的沒道理，可這充電器用了不到一個月就出故障了，打電話過去已停機，開初還以為是電話欠費了，後來乾脆成了空號。棉花糖這才知道又上當了，這下弄得她更不好意思：「這運氣太差了吧。」

想想這樣的傷心史，棉花糖都覺得這沒天理，既然說推銷的也會有好產品，為啥我都沒遇上呢？這故事說明了，運氣太差，有時候遇到涼水也會塞牙的，這當然無關涼水的問題了。

不合時宜的人

年底了，很多人做事總是有點漫不經心。棉花糖最近又動了想跳槽的心思。雖然每年這時節看見周圍的朋友紛紛跳槽，奔向大好前程，不是工資漲了，就是職位上升了。棉花糖在他們中間早就顯得有點另類，每次朋友聚會，她都覺得臉面過不去。

「今年我非得動動不可，要不，就在單位老死了。」棉花糖沒事就嘮叨，在她看來，這就是不合適宜，Out了。

「看嘛，你哪一年不是這樣，可你有可去的地方嗎？」我笑著問她。

「沒有也可以辭職，大不了在家閒一段時間，再這樣下來，我可都憋悶的難受死了。」她說。

其實，她們單位不錯，事情做起來輕鬆，每年優哉遊哉地上班，收入不錯的。而這也是她喜歡的工作氛圍。

沒曾想，棉花糖這下來真的了，但也只是把辭職信遞交上去了。想來，棉花糖是有一種情結，別人都混來混去，混出的名堂有多大且不說，在不停地換工作的時候，倒也長了不少見識。棉花糖在一個單位一待就是好幾年。

記得在去年，棉花糖也是這樣。等大家跳槽完畢了，她就參加朋友的聚會，既有對新崗位的期待，又有收入上的保障，當然也少不了一些磕磕碰碰。她們邊吃飯邊問棉花糖：「你還沒走啊，在那地方待多少年了？」

棉花糖有些不好意思地說：「六年了。」

「真不敢想像。」她們齊聲感歎，然後就是七嘴八舌的議論，弄得棉花糖就更不好意思了。

打那以後，棉花糖沒事就去逛招聘網站，也偷偷地問一些人，想著總有朝一日換個工作，但她得到的結論是，人家要麼是要求的學歷太高，碩士博士的，要麼是要求有豐富的工作經驗，不管怎麼著，再困難的工作也能瞬間搞掂。棉花糖說：「這些我都做不到啊。」算是死了心。

看到這陣勢，我倒半開玩笑地說：「得得，換工作嘛。看看你的能耐有多大。」

棉花糖大概聽得討厭了，就白了我一眼說：「我們不應該把自己想得太好，以至於把自己的價值估計得高；我們也不可因為自己具有某些長處，別人沒有，便以為應在別人面前佔優勢；我們只應該在我們的本分以內謙遜地接受別人對於我們的給予。」

話說到這份上，我得承認，不合時宜的人有時候也會冒出一句經典語錄來。

十年一杯酒

冬天說來就來了，幾個朋友約起一起喝酒取暖，說是喝酒，其實是感慨這人生的匆忙，一晃大家混在一起都十年八年了。那天的聚會，不知道誰說起當初的相識，接著就是一片感慨。

當年，我剛從大學出來，還沒混跡社會，就在網上玩兒，玩的網站雖然不是很多，差不多就是一些文學網站，像新文網、終點論壇，都經常去玩。那時候的焦虎三是新文網的站長，記不清楚是怎麼有了線下聯繫。某一天，雖然不是春暖花開的時節，倒也是有一股風旗酒暖的味道。我跌跌撞撞跑到了他的辦公室，閒聊。中午就在旁邊的小館子要了幾個菜，二兩泡酒，就文藝啦口語寫作啦，這類的話題侃侃而談，興盡而散。

說起來，那時候我還對文化這事兒知之甚少，頂多算一個文學愛好者，想著與這樣的英雄人物在一起，都有些氣短，他所說的那些詞語在我的印象裏，算得上是陌生而又熟悉的啟蒙，那天酒後才知道天地很大，自己只不過是仰望一角的天空罷了。

不過，這樣的感覺很好（藉此找到生活的某些方向）。接下來的幾年，對文學這檔子事還依然是玩票的性質，這裏瞅瞅，那裏看看，其結果自然是看見文學江湖風雲再起，有的一路走來，成了氣候；有的見了網路的浮躁，退回了書齋……不一而足。

新文網雖然起點高，但多局限於文學網站，被後來的許多文學網站所超越只是早晚的事情——畢竟網站做起來容易要做得有生命力，非得長期計畫才成，偏偏這都是新文網所獨缺的。網站先是出現程式問題，停了幾天，後來又發生了不能登錄的事件，如此幾番折騰，竟然是越來越少有人去逛，去關注了，好像被互聯網遺棄了一般，如今回想起來忽然有了一種痛感。

這些舊事回想起來，多少只有感慨的份，不僅如此，能長期笑傲江湖的也不多見，風雲突變，多少文豪好漢競折腰，即便有一位朋友以文豪而著稱，也免不了敗走麥城的宿命。席間，大家自然把酒言歡，當年今天，彷彿經由一杯酒，打通了，看穿了，除了時間的變換，我們的容顏多少有點蒼老，一種人生蒼涼的況味就出來了。再舉杯，乾酒，多少事即便上了心頭，也就隨著酒意揮灑在了歲月的祭臺上了。

那些提一籃晨光

趕路的人

距離上次早九晚五地去上班已經大半年了，每天不必早起，趕公交車，算是一個自由人。昨天跟執行老總和前同事喝茶閒聊。說起當時的驚心動魄，現在回想起來大概只有一笑置之了，反正是現在都離開了，彷彿是前塵舊事。

到那家動漫公司上班，說起來很好玩，住的地方離公司遠，每天坐公交車上下班，來去兩三個小時隨便就花去了，於是，每天帶一冊書上路，好歹趁這個時間做一點事，但到公司後，面臨的卻是人事問題。新來一個副總，據說工作經歷頗為豐富，平時給大家買點小禮物，搞點小恩小惠，討得大家一片歡心。對我的工作也是指手畫腳，這事該這樣做，那事該那樣做，也懶得理他，就按自己的思路做去。

過了不到一個月吧。老大忽然召開員工大會，執行老總被解職，而新任的管理是老大的多年跟班，於是，一切從頭來過。新團隊想著早點賺錢，不如做點成人作品去。但面對市場也是無計可施，隨後推出一些玩偶，但賣相不佳，放在倉庫裏，如此這般的折騰來去，也就不免有點萌生退意了。畢竟一件工作做得不順手，還要看別人臉色行事，如此這般，真是沒事找罪受，何苦來哉？

隨後，是人事上的折騰。最後是局面一發不可收拾。執行老總覺得公司做成這樣，實在是心有不甘，我就勸說他，早走早脫身，在如此環境中如何做得下去，也是一個疑問。他依然在堅持，我只好祝福他有個美好的未來。

話雖如此，動漫公司卻一直在掙扎，原來的那批同事都一一離開，眼看可以完成的作品也都被無限期拖延。前同事也就無可奈何，原來早晚還是一個離開的下場。那些努力都跟自己無關了。這樣的局面誰也未曾料到。據說老大一直對執行老總不大信任，所以才會有如此變局。

大家喝喝茶，聊聊天，分享一下過去的職場生活。這就像詩人所說的那樣，那些提一籃晨光趕路的人，總是想早點找到自己的生活理想，但往往局限於某一個空間，因此看不見外面的世界是何等的美好。在職場江湖上，與其去爭那些所謂的名利，倒不如開心一點，不管工作還是生活，大抵說來，都不會沒有過不去的坎吧。

無法拒絕

有段時間，我上班的地方是一群美女，男同事就三兩個，那段時間，同事時常搞一些聚會，吃吃喝喝，平時在辦公室也會有這樣那樣的零食，雖然我不大偏愛這個，但看到那麼多小吃，也是忍不住心動。到底是無法抵擋住它們的誘惑。

每次回家，棉花糖就抱怨，衣服變小了，越來越胖了。這話起初我以為是她嫉妒美女同事的零食，才會如此。可有一次，幾年沒見的朋友相聚，他們也是一副這樣的神態，好像我變得都不認識了。我說：「呵呵，也沒什麼變化，只是現在的生活跟以前有點區別了吧。」他們笑笑說：「當然是這樣。以前多麼帥的小夥子，現在變成肥胖的大叔啦。」

玩笑歸玩笑，我還是得正視這事，要不，棉花糖一準會說：「你再這樣下來，恐怕會走路都費力氣。」似乎也是這個道理。每天去上班，再面對牛肉乾什麼的玩意，就不敢輕易去吃，好像棉花糖就在背後盯著，那目光讓我覺得自己有點過分。

這日子照常過下去，說不上好或壞。棉花糖有天正兒八經地說：「你現在的問題很嚴重，要麼你換工作，遠離美女們。」

我說：「開什麼玩笑？工作不是做得好好的嘛，再說，哪兒有那麼嚴重的問題發生。」

棉花糖說：「你還不知道，像你這樣的人，胖得不得了，會有損身體健康的。」醫生似乎也說過這樣的話，但在我看來，生活嘛，總是這邊多一點，那邊少一點，既然有美食，健康固然重要，但這也不是解決問題的辦法，如果遠離了美食，我們的人生還有什麼意思呢？

棉花糖可不管這麼多。在她看來，與其說這是美食的錯，倒不如是面對美食，是我太沒控制力了。於是她就建議去讀一讀控制論之類的書。這看上去很靠譜，但我知道這只能從理論上解決問題，對現實生活中的美食，美女拿出來，讓你嚐嚐滋味，好說歹說都不能不理的，弄不好是「不給面子」的事。棉花糖說：「你不吃別人不會往你嘴裏塞吧。」

我無語了。遇上這事，多半不會有結果。有時我在想，胖一點有什麼不好，心寬體胖嘛。我若這般說，棉花糖一準笑個沒完，就你那體型，得了吧。我看來看去，都看不出啥美感的。

大家都有病

每天早上坐在家中，看樓下的大道上車流如織，真有點恍惚，好似昨天還加入上班族的行列裏，跟著一眾人擠在公交車上，美其名曰，身在江湖身不由己，要養家糊口只好上班去。

說起工作，但最怕的是找工作那陣兒，第一次去工作是先筆試，然後面試，好在還是一路順風順水，過關斬將，成了一名文字校對。後來在職場上，飄來晃去，說不大如意好像自己有很大的能耐，地方小了，根本容不下似的。其實是自己總顯得不那麼合群，總有自己的想法和意見，以至於時常被目為「異類」。

有次去應聘一份工作，面試官東問西問，問的話不專業，似乎也不怎麼靠譜。看這情形，即便是工資高一些，想必也很難做出點成績的。棉花糖說：「是你時運不濟，所以在職場上老碰壁。」

其實，找工作這回事，好像都成了前塵往事，現在能回想起來的，就是在職場上，要面對的事絕不是過面試那一關，而是在日常工作中，是否能跟那個氛圍融合在一起，似乎每次踏入一個新的工作場所，先是觀察，沉默，如果氣場不對，大不了做兩三個月，自己捲舖蓋走人就是，大可不必在不順心的環境裏朝夕相對那些看上去頗為討厭的面孔吧。如此一想，上班也就成了一種負擔。

棉花糖說：「你這是有陌生人恐懼症，因此適應能力超弱，很多時候只是你給自己設置許多職場上的障礙，以至於你看到的東西都好像是與自己的氣味不對了。」

我說：「如果真是這樣，那該怎麼去應對？」

棉花糖嘿嘿一笑說：「要克服自己的心理問題呀。」

我不知道這方法對不對，也嘗試著去調整那看上去頗為複雜的人際關係，結果也不是那般的理想。不過，遇上這種事，說來也沒多少可開心的，這就像我們面對的生活，原本是多姿多彩，只是因為我們局限了視野，看到的風景與現實大相徑庭了。

臺灣漫畫家朱德庸曾有一本書叫《大家都有病》，他說：「這個社會把人逼瘋了，大家都很慘，但只要你還保有幽默，笑得出來，你就贏了。」固然如此，也不知道這個病症是該如何才能治療。也許真應該照他那麼說的，簡單下來，慢下來，擁有屬於自己的步調，享受屬於自己的「慢時尚」。這樣是不是能好一些呢？

憑弔故鄉

說起故鄉，差不多都是老調重彈，鄉村生活卻始終是令人遙想的田園牧歌，那一份閒淡，好像外界的世界都跟自己無關了。上一次回去，是一兩年前，雖然鄉村的道路變成了柏油路，村裏也有樓房紛紛豎了起來，那些熟悉的面孔中間偶爾會有陌生的，忽然距離他們有點遠的感覺。

有人說，重建故鄉，尋找那一份詩意。棉花糖卻笑我：「你還以為故鄉還是你以前生活的樣子嗎？」當然不是，說出來會有莫名的失落，那時候，年輕的夥伴經常廝混在一起，哪兒有那麼多的隔閡。但現在回去看看，他們操著不同地方的語言，說著客氣的話，看上去總顯得有點做作。

每個人的故鄉都在淪陷。詩人如此說。我猜，這連我也不會例外。憑著記憶，梳理那些泛黃的生活場景，甚至連爭吵、打架，也是那般美好，這些看上去卻有了另外一重味道——家常，而又透著親切。事情過去了，又在一個桌子上吃飯喝酒，也是家常便飯。不過，這些只能想像了。我不知道重建故鄉，該從何處開始著手重建，但我們豈又能回到過去那歲月。

前幾天，有同村的鄰居居然從網上找到了我，於是加ＱＱ，聊起各自的生活，隨後又建了個ＱＱ群，大家現在都背井離鄉，在一個叫異鄉的地方過活。大家都是很久沒回故鄉的人了，說起來，也都是鄉情四溢，真想不到還能在網上相遇。不過，這又能說明什麼呢？

「嘿，再也回不去啦。還是在網上憑弔吧。」棉花糖如此建議道。她當然不能理解這一份故鄉的情感，在她的眼裏就是一個城市的概念，哪兒有鄉村生活的體驗。我說：「也許我們該聯絡更多的人來建一個鄉村紀念館。」

「別瞎扯了，你以為大家會對你這想法感興趣？」棉花糖打擊我道。

「也不能那麼說，如果我們不做這些，可能下一代，說起鄉村啦故鄉啦，都會搞不清楚那是一個怎樣的概念，還以為是某一種抒情的詩篇，存在於語言世界裏的。」我這樣說。其實，我更想的是，通過回憶，建構一個故鄉的虛擬場所。

看上去這也很困難。也許這真的像棉花糖所說的那樣，別扯什麼重建故鄉了，大家有空在網上聊聊，就夠啦。而這也是對故鄉的一種憑弔吧。

城市孤獨學

有段時間，待在家裏的時間越來越長，懶得出門閒逛，或者泡在網上，過得無所事事的樣子，在網上也是瞎聊，很多人誤以為是很在狀態的，幸福，羨慕是經常遇到的詞語，只是只有我知道，在孤獨星球裏，我或許不是那麼最閃亮的一顆。但這種生活，還是讓棉花糖擔心，再這樣下去，可能就遠離地球，成為外星人啦。

可是，我一直有一個夢想，像外星人那樣，打量這日常生活。但這在棉花糖看來，很不靠譜。沒事，她就鼓勵我多走出去，喝喝茶，聊聊天，也好嘛。不過，一遇到人多的場所，就莫名的沒了語言，沉默，觀察在場的每個人，他們的動作、表情，以及不經意透露出來的語氣。然後，沉迷於冥想當中去。

這樣的一種孤獨感，讓人有點傷氣，好像只有這樣的分析才能進入到生活的底部。當棉花糖給我以建議時，我都會覺得這不可理喻，在我的那一個世界裏，有很多樂趣，幹嘛需要跟別人溝通、交流呢，我說出來的話語，可能在別人聽來也許有些古怪吧，「真搞不懂他在說啥，是我們這個世界的語言嗎？」這樣的疑問，讓我覺得世界並不是像自己想像的那樣，容易溝通的。

儘管如此，我還在努力地讓自己相信，樂觀一點，什麼都能搞定，因此，在家的時間裏，總有充足的理由做自己喜歡、願意做的事情，可能它們瑣碎，不值得掛齒，但我沉浸在那裏，卻無法自拔。某一天，我忽然醒悟到，這樣的孤獨，是當下的孤獨學之一種，或者可以用思想予以命名，那就是我們越來越容易在自己的那個世界裏享受自己的樂趣。

耶茨在《十一種孤獨》中說：「我根本不敢肯定這間房子有沒有窗戶……上帝知道，伯尼，上帝知道這兒當然在哪兒會有窗戶的，一扇我們大家的窗戶。」這不是冷笑話，而是現實生活當中的場景。我忽然明白，也許耶茨是對的，人都是孤獨的，沒有人逃脫得了，這就是他們的悲劇所在。

不過，現在行走在街上，看見飄忽的人或徘徊的人，都忍不住想向他（她）打一聲招呼：「嗨，你好！」「你是來自哪個星球的人嗎？」然後，揮揮手離去，可能他一時會覺得莫名其妙，但也許在某一個時刻，他想起這事，會自顧自地笑起來，旁若無人：是的，我們都是來自孤獨星球的人。

年終獎的死與生

每到年終，自然都盼望著年終獎，當然最在乎的是年終獎的多寡。今年，我所在的單位屬於創意行業，因為是新企業，收入情況也比年初想像的要差一些，早早就盛傳，今年不會有年終獎了。看到有人在網上曬年終獎，不免有點氣短，旁人問年終獎的情況，支支吾吾，半天也說不清楚。

其實，我是沒年終獎情結的人，到底是發點小福利，還是送幾張消費券，都是無關緊要的嘛，反正是靠那一點年終獎，也如何算是掙不了大錢。再說這年終獎到底只是單位對自己所做的事一種承認方式罷了，不值得大驚小怪。

上週末，又開了明年的營銷會，老大有點鼓勁地說：「今年能做成不太虧損，就不錯了，明年一定打個翻身仗，把今年缺失的找回來。」這話說的有點底氣不足，誰都知道，今年的營銷做得差，背後的原因錯綜複雜，不僅如此，在市場越來越細化的創意市場，創意行業靠的不是人脈，而是服務的扎實才是最為關鍵的。不管怎麼樣，開完會，跟同事交流，得到的印象總是不大美好。

「年終獎要泡湯啦。」也有同事說，「混過這段時間，就去找新工作。」看到這樣的情緒在單位彌漫，內心很不是滋味，就順便勸說幾句。沒曾想，他們說：「你跟我們不一樣，我們跑業務，跑來跑去，還不是收入高一點，年終獎最起碼也能貼補一下嘛。」

不過，最近兩天，老大笑口常開，似乎有好事臨頭，因為是朋友，有一天，我跟他閒聊，說起年終獎，他說：「呵呵，年終獎有的是，就看大家的表現了。最近剛簽了個大單，公司就盈利了。」我說：「那就好。」他又說：「這也是我用人的方式之一，年終獎是小事，就看這個關口上，大家的心態是怎麼樣的，不在乎的會該怎麼做就怎麼做，不會有多大變化，在乎的可能考慮另謀出路去了，這樣的人，留下來也沒多大作用的。」

原來這是考驗每個人的工作態度。由此我想到，如果你勤勤懇懇地為單位忙乎了一年，至於它承認你的價值不承認都是無關緊要的，畢竟做的事情就擺在那裏，與其多一些對年終獎的抱怨，倒不如開心地去接納它，或許在職場上的路會越走越寬廣的。

應聘

在職場打拚，因為競爭大，總是不大如意的事居多。棉花糖說：「你應該看到陽光，不要把工作當成一種負累。」我也想這樣，但有時面對工作還可以如此，但當看到單位做出的決定偏離了正常的軌道，就覺得沒意思了，如此下來，可能是落得個不太美好的下場，看不到希望，乾脆就早早撤退，別耽誤自己的功夫。

有一回，我去應聘一家雜誌社，老闆說的口氣很大：「我們就要做中國的《時代》週刊……」等他發表完偉大的理想。我就知道自己走錯了門，別瞎操心《時代》週刊了，能把一本雜誌做好了再說。不過，這家雜誌挺了一年多，從此在我的視線裏消失不見了。

還有一次，我去應聘一家設計創意公司，老闆看上去很潮，長髮飄飄，說旗下產業涉及餐飲、景區規劃啥的，他說：「你要是來我們這，五年，我讓你成為百萬富翁，你不要看著我們現在兵馬不太強壯，我們還是有自己的理想，就是做一間上市公司。」這話聽上去很靠譜。有一段時間，各種企業都在說準備做上市公司，好像自己不標榜一下，就對企業不住似的。我聽完，還是覺得有些疑惑，是不是每一家企業都能做到上市公司啊，這不太靠譜。

看多了這樣的單位，都覺得有點洩氣，我忍不住抱怨：「找到合適的做，真難。」

棉花糖說：「這就是你的問題啦。不是你的能耐有多大，而是眼高手低，一般的企業看不上，不上不下的，就難辦。」

我說：「連你都不理解我了？我可是有志向的人，怎麼在那不起眼的地方待一輩子，碌碌無為呢？」

「得了吧。你看，像我這樣，企業不大，待遇不錯，養家糊口不成問題。要是照你的標準看，一家人非餓死不可。」棉花糖如此說道。

我當然理解她對工作的需要，「可這不是一回事。」我在心底還是有點抗拒這樣的說法。你看，這是多麼嚴重的矛盾體。另外，我還是搞不大明白男人與女人之間在工作上，是不是還存在一種界限，以至於連應聘這事變得很玄妙起來。

我的朋友李鮓則說：「幹嘛要上班，不就是生活嘛，從應聘開始，就得接受職場的挑戰，沒玩沒了，至死方休。」這話就好像男女的初次相見，因為邂逅，因為某種機緣，造成了種種故事，但有時候這故事可能並不是像我們想像的那麼有意義。

第2輯

小生活

買房

眼看著房價沒下降的可能，倒是限購令也出來了。老婆棉花糖就著急的不行。早在兩年前，我就說買房吧，再不買，就虧大了。棉花糖咬咬牙說：「不買，省著錢。」去年，我再次提議買房。棉花糖說：「我有個姐們有消息說，鐵定房價要下降。」可是，每天在網上閒逛，我都忍不住去看新聞，看到的都不是利好的消息。

老婆說：「姐們的消息原來很準確的，但現在人家改行了。」

「看來這消息多半不靠譜，求人不如求己。」我這樣說時，她還說：「得了吧，憑你的經驗，還不是喝西北風去，你做什麼事都那麼靠譜嗎？」然後舉出一大堆的例子，比如上次買電腦，本來可以省點錢，因為一句話還多花了三五百。我也就無語了。

但買房是大事，總不能稀裏糊塗的下手，如何才是好時機，說實話，棉花糖跟我一樣糊塗，但再怎麼糊塗，房子得買呀，於是，我們就東奔西跑，參加各個網站的團購，去報社聽買房真經，還真像那麼一回事。但看了幾處房子，掂量下自己的收入，還是無法決定是不是該買。

有天，我跟棉花糖出去玩，遇到以前的鄰居，她說：「你們買房子了吧。」棉花糖說：「還沒，看了好幾個地方，還沒中意的。」鄰居就說：「呵呵，再不買，房價還會漲，那你就虧大了。」想想也是這個理兒。棉花糖呵呵一笑說：「不著急，你買不買，房子都在那兒。」好像人家房子都賣不掉似的，千年等一回，就等她這一個買主。我也只好附和著笑，把錢投入在更賺錢的地方，才是王道嘛。鄰居見狀，趕緊打個招呼，走了。棉花糖卻跟我抱怨上了：「人家買房都是當機立斷，哪兒像你，娘們一個，像你這樣租房住的，不多了吧。」

得，看這陣勢她是不依不饒了，我也不說什麼，任她說去。如果我說幾句，包準是吵架一場。畢竟是我們只是購房的觀望者嘛。我如此寬慰自己。其實，棉花糖也知道，要不是猶豫，也許早就住上了新房。

前幾天，棉花糖看中了一套房，無論戶型，還是距離城區，都是很合適的。但她又猶豫了起來，不是怕房價再上漲，而是她覺得這限購令一出，房價下跌了，如果此時下手，也許又虧了。我呢，倒樂得清閒，讓她去折騰去吧，反正是該住上的房子，怎麼樣折騰都沒跑。也許真就像朋友說的那樣，這買房多半是買個心理平衡，至於價格高低，倒又在其次了。

規矩

棉花糖總是喜歡研究這樣那樣的問題，其實也不是研究，就是覺得這日子按現代的過法，足夠庸常了。要想過得充實一些，就得回歸傳統，所以時常她會提醒，今天應該幹嘛幹嘛，她不像算命的那般講究個黃道吉日什麼的，卻也有不少的規矩在。剛過年的時候，她就備下了紅腰帶、紅短褲什麼的。

「因為今年是你的本命年呢？馬虎不得。以前可也沒這等事的呢？」她趕緊說，「這事可都是古人傳下來的，寶貝呢。」

遇到這事，我也懶得說什麼了，老婆喜歡張羅就張羅去好了，反正是沒上班，在家閒著也是閒著嘛，有點事情做總比出門打麻將的好。但最近似乎是越來越上心了。有天，我回家發現家裏的傢俱變換了位置，還以為發生了什麼事。她說，經常把傢俱的位置調換下，家裏就多了些新鮮感，也會給人多一些驚喜的。

在二月二的前一天，棉花糖就說明天不能動刀動剪子什麼的。我也搞不明白怎麼回事，還以為是因為本命年這一天也是格外重要的呢。棉花糖說：「你不曉得哇，我是屬龍的嘛，二月二，龍抬頭，家裏有屬龍屬蛇的就不能動刀剪子什麼的了。」這民諺早就在讀小學就知道了，可也沒曾想到這一層。後來，在網上查到這樣的說法：「二月二動刀，傷了龍的腰；二月二動剪，傷了龍的眼；二月二動針，龍蛇斷了根。」

憑空在家多了這等規矩，不知道的人呢？還當是神經病，好一點的說法是弘揚傳統文化，但那到底是不是傳統文化的一部分，大概也難以給個定義。棉花糖卻樂此不疲，時不時提醒我該做什麼事情了，似乎沒了這個規矩，生活就不成方圓了。

有天，我跟棉花糖商量：「你看你現在都成了封建迷信啦，再這樣下去，日子可真是沒法過啦。」

她呵呵一笑：「日子沒法過？你覺得以前的生活是足夠好？整天吃吃喝喝，不思進取的樣？」

我說：「其實呢，過日子講究的是一個隨意，哪兒有那麼多的規矩讓我們守？」

她立刻說：「看你還是個文化人，說話怎麼這樣沒水平？有了規矩做事才有方法，亂來的下場是很悲慘的。」

我看說不過她，只好打住。

這故事說明，其實規矩也沒什麼了不起，不需要時時掛在嘴邊，放在心上也就有了那麼一層意思了。

藝術範兒

每逢週末倍思親——總想舒舒服服睡一個懶覺，但這事卻經常被打斷，原因是週末會有各種各樣的文化活動出現，不是攝影展，就是畫展什麼的。老婆棉花糖喜歡去這些地方瞎轉悠，她說，與其在家待著無所事事，還不如出來享受下藝術。我曾極力的反對，這是什麼事呢？都幾十歲的人啦，還跟年輕人去湊什麼熱鬧？棉花糖說：「你這就不知道了吧，這叫一個人的軟實力，在哪兒都用得著。」

就這樣，一不小心混進了這個圈子。時常參加這樣那樣的活動，見的人多了，也就成了老師級別的人物，還以為我是專業人士呢。但我連藝術愛好者都算不上呢，說實話，我還真不懂那些所謂先鋒、新銳的藝術——不是看不上，而是壓根兒我就沒藝術細胞，從小就這樣。可棉花糖說：「你看這照片拍的多好。」我點點頭說：「還不錯。」我不能反駁她，要不，她準說：「看看，就是因為你是俗人，所以要多出來接觸下藝術。」這事看上去很不搭界，但在棉花糖看來，就是因為不懂藝術，才把生活過得那麼沒有情趣的。

這生活的話題可大了，至於情趣，倒也是因人而異的，我不能說棉花糖愛好藝術就是一種有點意思的情趣，在我更喜歡跟幾個人出去喝茶聊天什麼更痛快一些呢。不過，她對藝術的見地確實比我高的多了，也能每次參加活動，都能發表些中肯的意見，別人問我，我還沒說三句話都叉開到別的話去了。這事看上去有些八卦，棉花糖卻樂此不疲。

周遭像這樣的熱衷藝術的還真不多見。更多的朋友過著很世俗的生活——上班下班之餘待在家裏，整理下房間做一桌好飯，也都其樂融融。棉花糖呢？口氣說的蠻大，卻很少做這些事：「哎呀，你看我在忙著藝術的事呢。」這沒道理可講，好歹有個人愛好，也算是好事一樁，對女人嘛，還是寬容一些才好，再說了這比閒著經常去打麻將要好的多了。

有天，我們去看一個畫展。畫得很誇張的藝術那種，棉花糖看了很喜歡，就說：「我們得買一幅回去，掛在客廳，也很不錯嘛。」我當她是說著玩的，就說客廳的那張畫該換換口味了呀。沒曾想，過了段時間，她真搗鼓了一幅畫回來，掛在客廳裏，不少來家的客人說：「真想不到，你們家這麼有藝術氛圍，跟走進畫廊差不多的嘛。」棉花糖說：「我們也就是玩玩，跟畫廊比不上哦。」我在一旁趕緊說：「這畫可真不是我喜歡的風格……」話還沒說完，棉花糖就白了一眼過來。

這故事告訴我們一個道理，這假裝固然是一種藝術，但假裝來的藝術範兒可真是一種受罪，一不小心還怕露了陷，怕別人笑話了去。

粉絲經濟學

平時就喜歡在網上玩玩，也不是玩遊戲的那種，頂多是泡泡論壇，玩玩微博，聊下QQ而已。某天，棉花糖卻告訴我說：「你天天玩這些，沒見你玩出什麼名堂，倒是成了宅男了。你看看人家李開復，還是不隨便玩玩微博就整出了一本《微博：改變一切》，人家玩網路的，好歹在網上也混個大名，哪兒像你呢？」

這話沒錯，當年跟我一起混論壇的，成名成家的多了去了，我呢，只當是票友。

這事我也不上心，本來是開開心心的玩一下，要是再想著掙錢那是不是有點誇張了？也不是我跟錢有仇，而是覺得網路不是掙錢的門道罷了。昨天，有個網友說：「你的博客點擊那麼多，可以做廣告啊，你的微博粉絲也多，同樣可以做的。」我說：「懶得整。」他就一陣寒磣，說來說去，似乎不掙錢就沒有道理。

回到家，跟棉花糖一說這事，她還真上了心，說：「有錢掙幹嘛不掙呢？更何況家裏處處等著花錢呢。」於是我就在博客上做起了廣告，第一筆掙了一百。棉花糖說：「有了第一次就會有第二次嘛，得去祝賀一下。」結果吃飯吃了一兩百，她說：「這沒啥，能掙錢了，就得花出去嘛。」

似乎也是這樣一回事。後來就接二連三的有一些廣告上門。棉花糖說我的粉絲回覆的太不給力了，於是就親自上陣，註冊了好幾個帳號，沒事就回我的發言，人氣就越來越高了。廣告主看著熱鬧，也就時常照顧下微博。這麼著就叫名利雙收，你看那些所謂的名博，也都是靠這樣那樣的廣告活著。對此，她倒是振振有詞了。

不過，這事看似簡單，卻壓力不小，比如在微博吧，經常寫吃飯的事，結果有個粉絲說：「你再老是談吃就取消關注了。」這下，還真把我給嚇住了，生怕粉絲們一下來個連鎖反應，都一走了之——那還有什麼玩法呢。這樣的擔心也不是多餘，畢竟自己掙的那點廣告還是因為粉絲的緣故。

照棉花糖的話來說，粉絲也是有經濟學的。因為粉絲多，互動性強，關注度就會提高，網路到底是講究交互影響，有了這個人氣就上升的很快。其實，我倒覺得這都無所謂，畢竟混網路好歹也十多年了，以前沒掙什麼錢，多開心呢？有什麼話都可以隨意講出來，這下可好，有了粉絲，說話都小心了的不得了，生怕他們一不高興就取消了關注。

這故事也許說明這樣一個道理：能夠開心還是開心一點的好，至於粉絲經濟學到底有多大的價值還是交給專家們研究去好了。

雜誌控

前不久，老向在我住小區的旁邊開了家書店，書店不是很大，我想讀的書卻不在少數，順手他送了一大疊消費券。老婆棉花糖說：「這就是鼓動你多去消費嘛。」以前原本上網購書的，棉花糖卻說：「現在大可不必了，去逛書店，一是晚飯後散步，有利健康，二是以實際行動支持實體書店。」要知道現在很多實體書店都紛紛關門了，就是因為消費者都圖便宜，跑到網上購書去了。

有時候，棉花糖說的話，我搞不清楚真假，也是啊，女人的心就像多變的天氣，可真不大好說的很。她說去逛書店，我也沒理由反對，就去逛一盤，我坐在店裏玩iPad，她左挑右選，亂七八糟的雜誌買了一大堆，這個雜誌關於美容的可以借鑒下，那冊雜誌裏的小寶是她喜歡的作者，甚至連飲食雜誌都買了一冊，因為那上面的食物看著太誘人了。

棉花糖說：「從表面上看，你花了不少錢買雜誌，看著是消遣，可誰知道呢，正是雜誌裏有豐富的內容，比上網查資訊方便的多了吧。」

我說：「可雜誌沒網上的資訊好玩啊。」

她就狠狠地白了我一眼，「老土，人家都進入高品質生活了，你還停留在傳統時代。」

難道看雜誌就提高了生活水準？這看上去很扯淡。看著家裏的雜誌越來越多，我的懷疑並沒有減弱。相反的是，我們的生活並沒有因為這些雜誌提高到哪怕是頂點兒，棉花糖還會為菜市場的菜斤斤計較，還會跟我抱怨，這個月的開支在增加。小女人啊，都是這樣注重細節，看不到生活的全部。好像是毛姆這樣說的。

棉花糖撇了撇嘴說：「得了。都照你那樣，也未必把生活過得多好。整天只關心吃喝，你還能關注下其他的嗎？」

我說：「你這就不懂了。把生活過得好，說到底就是把吃喝的質量提升上來嘛。」

棉花糖說：「說不過你。」接著就翻看她剛買的雜誌去了。

作為雜誌控，棉花糖最近除了看雜誌，還要按雜誌提供的生活方式去生活，弄得我很火大，要知道人家雜誌提供的只是一種可能，棉花糖卻是非按照它們說的去做不可，我一做這事，她就說跟雜誌上說的相反啦，然後就說如何如何做去，那倒是頭頭是道。但按照雜誌上過活，那就是一個折騰。

棉花糖說：「這事看著很小，其實事關生活質量。」我在心底哈哈大笑。要知道她的雜誌瘋勁一過，可能把這些雜誌都當廢品賣了。由此，我想到，所謂的某某控，可不就是一種瘋病，以至於折騰完了才發現這本身就是好笑的，卻不是那麼有趣的生活，當然是與浪漫無關了。

自由在高處

兩個人相處，好玩歸好玩，但也有摩擦，趁著鬧個不愉快，也很正常。但在女生眼裏，這事非同小可，甚至往大了可以扯到人生哲學上頭去了。這不，棉花糖有段時間一個勁的抱怨，這也不是那也不是，很顯然一到春天，她是無法安靜下來的，非得折騰一回不行。

我說今天吃米飯吧，她肯定是吃麵條，這且罷了，夜深人靜，你正想睡個覺，她說有要緊事要商量，等你聽她一說，全是雞毛蒜皮的事。但你又不能發脾氣說：「都這麼晚啦，早點休息。」因為有了先例，這覺是無法睡著了，她嘮叨個沒完呢。我去年還以為是更年期，但我上網查了查，不是那回事。我還諮詢了做心理治療的朋友，結果也沒大事，無非是春天嘛，女人家總是容易想入非非。

遇上這事開初總是不大當心，等發現問題嚴重了，結果呢，也就真像病人一般。剛好週末，就出門旅行，說是旅行就是在野外隨意走走，不想棉花糖心花怒放，還甚至哼了句「面朝大海，春暖花開」來。我看在眼裏，卻也不去多問她什麼。我想起以前的春天，總是在週末這樣瞎逛一氣，沒有來由，似乎有幾年沒這麼樣了。不是我們沒有心境，而是……原因是什麼，我一下子也找不出來，似乎總有這樣那樣的事擠佔了時間，以至於棉花糖成了這樣？我滿心憂慮，又擔心這事變得越來越不可救藥，那就真得去看心理醫生了。

回來，我閒著就翻熊培雲的《自由在高處》，他說：「有一種鳥是關不注的，因為牠的每一片羽毛都閃著自由的光輝。」突然頓悟，不是我們的生活太無趣的令人厭倦了，而棉花糖就是愛自由、愛生活的人，在她的眼裏，沒有什麼比這個更重要了，也許是我們在日常生活中給雙方限制的太多。我就趕緊去告訴棉花糖：「你想怎麼生活都成，那是我們的生活方式，不必太局限於兩個人的條條框框。這條條框框就是你的病症。」

棉花糖說：「呵呵，這話似乎也有道理呀。」

我說：「自由本身就是一種生活，你在野外能找到樂趣，同樣在自由中你也能找到。不信，你試試看？」

果不其然，她按照自己的方式生活，兩個人恢復到「個體」的狀態，不再是單純的「複數」。棉花糖輕易而舉的找到了快樂。這故事說明，自由在高處，生活也就在高處，需要我們時常審視它，並尋找到更多的樂趣，生活自然其樂融融了。

有關品質

很多時候，我都覺得棉花糖有點可愛。不是說她的形象，而是時不時冒出來的話語讓人大開眼界。她在看報紙時，看見一條新聞說，北京最近有一個公告稱，任何公司在北京打出的公開廣告中如果使用了「豪華」形容詞將被處以三萬元人民幣的罰款。據說，這樣的詞語會引發享樂主義和精神空虛。

棉花糖看完就說：「得了，我們連這樣的詞都不能用，難道還苦大仇深似的過日子，每天把錢算來算去再花掉，經濟學家肯定會說，你瞧，這人多優柔寡斷啊，不能當管理者，在職場上也很容易被人看輕的。」

我就笑她：「人家跟你說的不是一回事。」

棉花糖瞪了我一眼說：「我這是聯想，你這都不知道呀。」

「哈哈。」其實沒那麼好笑，我老是這樣指出她的不是，於是，她就說：「我可不是你們知識分子，說話那樣的嚴謹，聽的人腦袋都暈，那是一種品質哦。」

我說：「哪兒跟哪兒呀，整體瞎掰。」

在她的眼裏，品質都是很高雅的詞兒，跟成功人士類似，不輕易動用，但有段時間她又特別熱衷，以至於我都整天摸不著頭腦。比如她說，你看老向的生活多有品質，業餘不打麻將不鬥地主，散散步喝喝茶養養花草，多有閒情逸致。還有阿甘，沒事就拍一些照片，都快成大師了。但她有時又像是在反諷，大眼的品質就是雞零狗碎，凡此等等，似乎怎樣都很合適。

有天，棉花糖說：「咱的日子得有品質了，十年前，是一回事，現在的語境都不一樣了，還是跟十年前相比，那是消極的樂觀。」她還引用王小波的話來證明：「我認為低智、偏執、思想貧乏是最大的邪惡。」當然我不想把這個標準推薦給別人，但我認為聰明、達觀、多知的人，比之別樣的人更堪信任。你看，有了品質，辦事都容易的多了吧。

話雖然是這樣說，要是棉花糖能像她說的那般美好，我估計是太陽會從西邊出來的，原因是她的好話說的太多了，我都記不住那些美麗的詞語形容的世界是怎樣的一個世界，差不多可以用花花世界來形容了。但現在連影子都沒見到。她說的話，聽聽也就罷了，千萬別當真。這也不算經驗之談，只是接觸久了，就容易發現，她所說的品質離現實生活還真是遙遠到十萬八千里。

要說品質，我可說不上來那是多麼美好的事，只是心頭的念想罷了，偶爾拿出來想想足矣，要是按照棉花糖的理論去做，像我這樣的懶人，或許累得找不到北，也找不到她所說的品質的。

生活美學

棉花糖最近在讀一本叫《愛情沒那麼美好》的書，沒事就跟我講書裏的經驗，對此我並沒多大的興趣，到底都是別人的生活，而且是小說，只能聽聽罷了，哪兒能當得了真。

她見我一副愛聽不聽的樣子，就說：「討厭啦，看看你整天忙乎的，都跟木偶似的，連這都搞不懂了。」

我嘿嘿一笑，「哪兒有多麼多的閒時間花在這上面呢，再說了，現在還不是想著多掙倆錢，早點過上所謂的幸福生活。」

「看著你這樣，我真覺得是一種悲哀。」棉花糖有點生氣地說，「以前的你，多有生活情調的啊，那時候沒事還浪漫一下，可最近幾年，別說浪漫了，就連生活過得也是清湯寡水的，理由就是沒錢，這也得省省，那也需節約一下，好像我們的生活就是為了錢似的。一說去看畫作看話劇，你都有自己的理由了。」絮絮叨叨了半天，她終於說了這樣一句：「噯，真沒想到，我們過的是這樣一種生活。」

我也未曾想到生活會過成現在這樣，原來還有美好的嚮往，後來買房、成家、生子等等一系列的事接踵而至，生活一下子拮据起來，在消費上自然就得多多考慮一下，總擔心萬一遇到個經濟危機什麼的，一下子就過上了吃上頓沒下頓的悲慘日子。棉花糖的抱怨多少是有道理的。我說：「那麼，以後會改善吧。」

「切，就憑你的腦子，早晚還不是這樣。你知道什麼是生活美學嗎？」她白了我一眼。

「搞不懂的哦。」我撓了撓頭說，反正把日子過得滋潤，是這樣一回事吧。

「莊子說：『天地有大美而不言。』生活美學大師蔣勳也說：『大眾從生活細微面出發，將美拉近到食、衣、住、行的層次，就能過一個有質感、有品味的生活。』」棉花糖先是引經據典一回，直搖頭歎息，「你看，像你這樣粗俗的人，可真是的，連這點都不知道哦。」

其實，我倒覺得他們說的都沒錯，卻很顯然是不符合我這樣普通生活的。棉花糖說：「得了，說你不懂還在裝呢。其實，你照我說的去做，就沒錯的。」聽她這樣說，我想笑沒笑出來，上次去看一個什麼畫展，我照她說的去做，不知道的人還當我是閒雜人等，指揮著做這做那，我也沒說破，等做完了才知道是參加活動的嘉賓，笑話差點鬧大了。

但這一碼事歸一碼事。棉花糖說的很玄乎，或許我真的是搞不懂啥子是生活美學。那也沒關係，無非是積極生活的意思罷了。看來，這是不能小看，不管怎麼著，先把生活過好才能談得上所謂的美學吧。

我不能輕易說出那些美好

對於胖子來說，行走和夏天都是一種災難。棉花糖說，就你這樣的懶人，不愛運動，宅在家裏，可能是千古奇觀。是不是千古奇觀我不知道，我只知道的是自由自在的生活如許美好在我只是一種想像。

但我不能把這話告訴棉花糖，原因不言自明，更為關鍵的是她一旦知道這樣的生活，恐怕會打鬧一場，在她的眼裏，這個世界可以很小很小，很多內容都可以不存在，她這個人卻忽略不得。

所以，在日常生活中，得時常突出她的地位、榮耀，在我，都覺得這樣有些矯情，但女人嘛，都是這樣的，所以才惹人憐愛。時下的都市女性似乎都不在乎這個了，所有事都可以一樣扛（沒有男人照樣活得很好），女性主義這樣的論調總讓我覺得心理有些發毛，如果世界是不完美的就是一種美好，我擔心上帝在創造世界時，是不是想到浪費資源，破壞了自然之美好。

棉花糖說：「得了吧，就你那樣，要過另外的生活，還真不可想像。」

我說：「你可真小看了我，你不知道我還有一些絕技是不輕易發揮出來，你看武俠小說，高手從來不是咋咋呼呼的，不是有句話是，咬人的狗不叫。」

棉花糖說：「你扯吧，我看看你能想過啥樣的生活。」

我說：「當然是跟現在不大一樣。」

棉花糖說：「其實，你能過啥樣，我還能不知道？」

話說的是這樣的道理，畢竟在一起都那麼多年了，還有多少小秘密可言？不過，話是這樣說，我還真想跟現在過得不一樣，簡單點說，讀讀書，寫寫字，沒事就出現閒逛，東走西看，一生就那麼打發時間，至於日子如何過得好，職場上的政治，同事間的不信任，如此亂七八糟的事都統統見鬼去吧。

還有一種生活方式是羨慕的。有一家小院，不是現在的別墅級別的建築，也不是紅樓裏的大觀園，而是普普通通，家裏一大群大人孩子，熱鬧非凡，好玩，有趣，至少不會像如今的孤獨，一家就兩三個人，這寂寞是不可想像的，就像我們的日常生活中的許多變化無窮，讓人歷練成一種精氣神，也好。

也許這是從前的士紳階層的夢想。有次，在菜市場，一位算命的師傅說，你這相貌，可真了得，在從前可是老爺的命。現在就不是了，我都懶得說，這是我的夢想，要知道，現在的俗人多的是，看見你有興趣找他算一下，一準敲竹槓。我笑笑走過去。

在家，跟棉花糖也懶得說這樣的話，總覺得這事說來跟她有些隔膜，只好沒事時一個人想想，放在心裏，晾曬不得。這份獨樂，也還是一種美好，輕易不能說出來。

同學會

時下很流行同學會，好像不玩下這個就落伍了。想來，以前在校園的時候，同學相見哪兒有那麼多的興趣交流，因為一語不合還打起架來也是常有的事，可畢業多年了，忽然熱衷起同學會來，這是不是好玩不知道，有句流行語是：「沒事開開同學會，拆散一對是一對。」

這不，大學同學要搞同學會，壓力很大，房子車子位子啥的都少不了攀比一番。棉花糖說：「大家物質都富有了，你呢，去了可別後悔呀。怕什麼，咱沒錢，好歹有房——儘管是按揭的，車嘛，還有11路的。」我說，這是玩笑話，但到同學會上，怕也只能這樣了。

「切，看你信心都不足。想當年啊，我的那個初戀現在都成了有錢人了，現在看看嘛，全是看走了眼啦。」棉花糖說，故意看了我一眼。

「呵呵，你應該感慨一下嘛。不過，幸好你沒嫁給她，要不，現在你還能那麼熱愛藝術，做手工啥的嗎？還不是整天打打麻將，逛逛街，看看奢侈品，多庸俗。」

我說：「這是一種可能。」

話說同學會那天，去的傢伙看上去都是成功人士，不是開著奧迪就是身著名牌，生怕一不小心比下去。棉花糖卻簡簡單單，她說：「這樣怕是不成哦，人家會看輕的。」

「人家愛炫富就炫吧，你可以跟他們談談藝術，聊聊張大春，甚至還可以說說手工創意，他們肯定不知道這些樂趣的。」我這樣說。

果然，大家見面聊得都是有關掙錢，有關企業合作的事，看上去那麼完美。棉花糖按我說的去做，人家一開始都覺得這算哪門子成功嘛，連個車子都沒有。但棉花糖拿出了自己手工做的玩意，一下子吸引了眾人的目光，「真想不到，你還有這等愛好，不錯不錯。」

那位初戀自然想不到會這樣。他說：「嘿嘿，你比我想像的要好，還是不顯老啊。」

棉花糖說：「生活開心就好，要那麼多的錢做啥子呢？」

臨走時，初戀說：「你們要是同意，我來投資，一起開一個創意工廠，如何？」

棉花糖看了看我。

「我們只是玩玩，沒想著開工廠，那很累的啊。」我笑了笑說。

「呵呵，我的建議，你們還是好好考慮下吧。」他說完，就駕車離去了。

「你可別想那麼好，開個工廠可不是小事，我們現在的生活可都得打破了，你想下，到底你想要啥。」我看了看棉花糖說。女人都是感性的動物，遇到這等好事，怕是都有些心動了。

不想棉花糖說：「你當我怎麼啦。我不是說過嘛，開心就好。更何況，我也不是那種女人的。」然後就撒下嬌，逗得我哈哈大笑。看來，棉花糖雖然偶爾會抱怨，還不至於為了掙錢就想起了初戀。

無聊的哲學

吃過晚飯，棉花糖就去看她喜歡的電視連續劇，似乎不這樣就要死似的。大概每個女人都是這樣，對周圍的事物都不太關心了，沉浸在一個小世界裏，為了那並不存在的故事哭哭啼啼。我就覺得好玩兒，這是不是情感太豐富了呢？

「閒著也是閒著，倒是這能解悶呢。」棉花糖覺得我說的太沒道理了，她這樣說。

「閒著還可以做其他事情嘛，比如收拾下家務，比如做點更有益身心健康的事嘛，看電視能解決什麼問題？」我想也沒想，隨口說了一句。

「切，你以為我整天都想你那樣，女人也有不八卦的時候，比如小白與小黑，如何如何啦。小白與小黑是我們的朋友，他們認識了戀愛了，就有了後來的種種故事。」棉花糖說，「這事很美好，可我還有其他要關注的事，比如電視劇裏的故事。」

我見說不過她，操起一冊書，就躲到一邊去了。話說，女人的心情是陰晴不定的，連愛好都是這樣的吧。有時候，棉花糖興致來了，什麼話都好說，什麼事都好做，一旦覺得沒意思了，就怎麼樣也轉不過彎來，十頭牛也拉不回來。

所謂日常生活就是這樣一回事吧。磕磕碰碰的，少不了，但也無傷大雅。這不，棉花糖看完了電視劇，還餘興未了，說：「你好久沒講故事了，今天講一個。」她還以為是給小孩子講故事。

我說：「我可沒閒功夫，家裏那麼多的書，愛怎麼看，就怎麼看吧。哪兒需要我講的。」

「這你就不知道了，這樣能溝通、交流，增加兩人之間的感情。你說，像我們這樣的男女，靠的是什麼在一起呢？還不是感情。」棉花糖說的頭頭是道。

「得了吧，還不是你想玩兒，拿這樣的說辭來逗我，我可不上當。」我把臉側到一邊去。不是我不愛講故事，而是覺得沒必要興師動眾——如果講故事也是得有個環境吧，可棉花糖不講這個，不講故事就不甘休。

沒轍，只好胡亂講一個。棉花糖邊聽邊皺眉，「你這什麼破故事，我一聽就破綻百出，哪裏是講故事呢，還不是瞎蒙我不懂故事的人。」

我很無辜，也很無奈。心下不免抱怨：「你玩夠了，就來折騰我呀。」表面上還得陪個笑臉，生怕一不小心她就生氣了。相對於講故事，我覺得女人的生氣更為麻煩一些，你得小情小調地去做。

費爾南多・佩索阿說：「據說無聊是懶散的人才會染上的病症，它專門侵襲無所事事者。」我猜，可能是棉花糖中了這樣的毒，以至於變得這麼不講道理的。

微城市的誘惑

一直不大喜歡玩網路遊戲，總覺得那有些自戀，有點不那麼好玩，但周圍的朋友都在玩ＱＱ上的種菜偷菜的時候，還是忍不住玩一把。半夜起來偷菜的經歷也時常被媒體拿來當趣聞，豈知玩了沒多久，就厭倦了。棉花糖說：「你是多麼無趣的人啊，連這都玩不來。」其實不是玩不來，只是覺得這樣有虛度光陰之感慨罷了。

等到微博上一幫人開始玩微城市時，棉花糖說：「得了，你現在可以實現你的夢想，一個城市讓你管理，看你能玩出啥花樣。」我說：「這也沒有什麼大不了，不就是日常生活的翻版嘛。」也就跟著去玩微城市。

城市看上去不大，事情倒是不少，學校、小吃店都不可少，這都得招募人才去管理，市政廳得有個樣子，博物館、圖書館的也需要有人照看，好在自己有成千的粉絲，總有幾個樂意一起玩的。隨著城市越建越大，像建立了客運中心、電信公司啥的，都得一一建立起來，看上去很好玩——原來城市就是這樣生長起來的。

這城市看上去很美，每天看著城市在有序的運轉，真的像領導一般到處轉悠，但更具體的細節玩不了，想去哪個街區溜達一下，不成；想去圍觀下課堂，也做不到。反正這碼事都是隨大流的，不好也不壞的吧。有時候禁不住這樣的猜想。玩微城市時，棉花糖在旁邊竊笑：「得了吧，還說從來對遊戲不感冒？」我不去管她是不是在反諷：「你看，我想再這裏實現自己的夢想，建造一個偉大的城市。」

這就好像一種病毒，每天玩微城市的時間花去不少，得到的只不過是虛擬上升的經驗值，以及那種膨脹的控制慾望——有時候，在現實生活當中，我們不能像自己的想像那樣去實現內心的慾望，就得找一個藉口來滿足，以此說明：「你看，我要做，也會做的很好的。」

棉花糖說：「我知道，你內心的嚮往，不就是想著有朝一日做自己想做的事情嘛？」

這話也對，我們許多人之所以那麼努力地去做事情，還不是為了有一天把自己的夢想變成現實。

但微城市只是微城市，距離現實很遙遠，這本身就是一種遊戲，自己愛玩玩去嘛。如此想來，倒是就得棉花糖在這時候堅定的多，哪兒像我這樣——一遇到好玩的東西就很容易沉迷其中，玩那麼一陣子，結果自然是不那麼美妙的。

這個故事說明，在現實生活中，我們同樣會遭遇各種自以為是好玩的遊戲、事情，當自己涉足其中，才會發現，那是不是真的就像自己說的那樣好玩。

輕度吵架

最近一段時間，棉花糖老是心神不定的，動不動就嘮叨個沒完，這對一個宅男來說，是一大考驗，遇到這樣的嘮叨，久了，也會心生厭倦，忍不住想出去走走，有一種想透透氣的感覺。

在街上漫無目的的溜達了半天，回家。棉花糖就說：「你還知道回家啊，外面的世界比家裏重要嘛！我看你……」

還沒等棉花糖說完，我就說：「得了得了，你有完沒完？我不是出去走一下，又不是出去胡作非為？」

「誰知道呢？」棉花糖說。這話雖然說得輕，但聽上去是那麼的刺耳，以至於產生了不信任感，看她那表情，既有委屈，又有抱怨，又好似一去不復返跟某個人私奔了似的。

不再理會她，遇到這事，大概只有冷處理了，如果不這樣，一準要吵架，不是有完沒完的事，而是每天這樣的朝夕相對，總是多少會生出一種厭倦感來了，彼此熟悉的不能再熟悉了，說話的語氣、味道，以及由此產生的種種實在是超出想像，也許這也可以理解為潛意識的行為，但到底是這不是一種冷浪漫了。

棉花糖走過來說：「不做虧心事不怕鬼敲門。你這是什麼意思？」

「我能有什麼意思？你說你的，我做我的事情，沒啥矛盾的吧。難道你想讓我坐你旁邊聽你說完？我的忍耐度也是有限的。」我慢慢的說。

「呵呵，我知道了。」她白了我一眼，就坐在我的旁邊，不說話。

我當然知道，這不是解決問題的辦法，但像這樣的情況總是會偶爾出現一下，過了，棉花糖似乎緩過勁來，這吵架的事也就過去了。但有時候也會花上一兩天時間來解決，不是事情有多麻煩，而是男女心間的情緒微妙的變化，實在是令人捉摸不透的。

話又說回來，這樣的吵架，看似微小，卻亦有潤滑劑的作用，讓原本就有點若即若離的感情變得微妙起來。在都市中，紅男綠女所面對的不僅有職場上的壓力，亦有情感的波動，像這樣的輕度吵架，卻是不可忽略的一環，至少它能讓人明白，彼此之間的感情值得珍惜的多多，並不像口頭上所說的那般不靠譜。

前段時間，跟詩人谷立立閒聊，她說：「這個時代很容易把情感弄的矯情，每個人在內心中都有一種嚮往滿足的需求，男女之間的相處，來一點輕度吵架，或許可以解決所有的問題了。」這道理看上去很簡單，實則是要每個人都懂得對方都有一點柔情的意思了。

在某處

當我們徜徉在城市的街道上、美食店，自以為是幸福的生活時，在老爹老母的眼裏，會是怎樣的想像？

前兩年終於在城裏買了房，父母卻不肯進城，「每個月都要還別人的錢，哪兒能夠去添亂。」這樣的理由看似正常，其實是蘊含著他們的心思。終於扭不過，他們到城裏來了，去餐館吃飯，「太貴了。」跟鄰居無法交流，一進家裏，門都關上了，左鄰右舍住的是誰，不知道。就連出去閒逛，過馬路都覺得不大符合鄉村的習慣，車來車往也成了喧囂的代名詞。

在老家的時候，哪兒會有這樣的景象。他們的不習慣也可以理解。有的是很費解的，比如他們看見丟棄的報紙、飲料瓶都毫不猶豫地帶回家來，弄得家裏就像一個廢棄的工地一般雜亂，不僅如此，還聲稱為城市減少垃圾，順便賺點零花錢，這話儘管我們不愛聽，依然擋不住他們的「熱情」，在老家，誰家沒賣過這樣那樣的廢品呢。

其實，跟父母處得久了，如果拿城裏的眼光看，這夠老土的了，看上去也不大靠譜。但仔細一想，這可也是一個城市的質樸所在。父母其實在無意地上一堂教育課，為什麼我們在城市裏，人與人之間總是那麼陌生，一點點熱心，總是被當成另有企圖，原來人人只是從自己的利益考慮得失，卻忘卻了社會上的複雜問題包含了社會的因由關係——原來人與人之間還有信任，還有寬容，什麼時候我們開始失去了這些？

或許正是這樣的反思讓我們的生活不再那麼乏味。父母到底還是不大習慣在城市裏的生活，住了段時間，還是回老家去了。「老家有土地有莊稼，也接地氣，在城裏，人都懸空了，當自己是不可複製的人，結果呢？看誰都不是，這樣的人，哪兒有鄉裏的淳樸呢。」

這話固然有道理，然而生活在城市裏久了，也就容易把這樣的情懷忽略掉，就像詩人谷立立所說的，在某處，我們看見了自己。而在城市裏，因為有父母在，多少也令人反思城市的種種，是不是自己正在變得越來越不靠譜，只看見那些利益的空間，忘掉了在歲月中的變遷，誰也不會在智慧上增加一點——我們的自以為是恰恰證明了我們對城市的態度是那麼的不正確。

一畝三分地

棉花糖最近很鬱悶，工作上不順心，生活上不滿意。「你呀，在家待著都快半年了。」她說，「這樣你會遠離這個社會的。」

其實，也不完全是那麼回事。雖然在家，卻也在工作的嘛。說起來，比普通的上班族不知道要忙多少倍，一會這事兒一會那事情的，沒得空閒。但在棉花糖看來，這都是不務正業，閒人。

昨天，跟朋友一起吃飯，好友大象說：「你這樣的日子令人羨慕。」但這都是表象，關鍵是整日奔忙中找到自己的樂趣嘛。大象是做書店的，每天都在忙著，好書壞書，進貨退貨，諸如此類一大堆的事，我說：「這就是你的一畝三分地啊，把這個耕耘好了，生活也就有著落了。」

「那你的一畝三分地在哪兒？」棉花糖有點不大高興地說。

「在老家有一畝三分地，可以耕種，好的話，一年也夠吃喝的了。」我喝了一杯酒說，但那土地早跟我沒關係了——自從我從老家移居到城市之後。我當然知道，在城裏，不是這樣的，自己的一畝三分地在哪兒，都覺得是一個問題，很多人在城裏，一不小心就迷失了自己，看不到美好的希望，所以就焦慮，就著急上火，因為在城市裏久了，鄉下就是另外一個概念，在日常生活中越來越遠，哪怕混的很差，只要還能混得起走，就捨不得離開。

「是啊是啊，我在老家還有幾分地的，等我老了，就回家種菜去。不過，你現在也好啊，你的一畝三分地就是當下的閒散。」大象說。

「閒散不能當飯吃，大家都閒散去，今天就吃不上這頓飯了，都得喝西北風去。」棉花糖嘿嘿一笑，不懷好意地說。

大象想說啥沒有說出來。其實，這樣的論調，我見識的多了。可我懶得理棉花糖，總覺得小女子就喜歡這樣斤斤計較，一說就沒完。然後就扯別的話題。棉花糖覺得男人說話很沒意思，就不再理會我們了，獨自夾菜，頗有點孤獨的意象。

如今，我們這樣離開老家的一代，時常被人稱為無根的人或城裏的異鄉人，不管怎麼樣，給人的感覺是不那麼美好的，在城市裏掙扎、買房、居住，又嚮往老家的生活，時不時會在工作之餘偷偷打個盹兒，找不到自己的一畝三分地在哪兒。

觀看之道

週末閒著，跟棉花糖出來逛街，逛來逛去，都沒覺得逛出啥名堂，反正就是東張西望嘛。

棉花糖說：「看你這呆相，連天色都變得有點灰暗了。」

我嘿嘿一笑，「你錯了吧，雖然不是晴空萬里，多少也是有點陽光，再說了，PM2.5雖然不少很兇猛，但好歹還算是差強人意，是不是這樣的好時光跟我也有關係？」

「就你臭美，以為好事都因為你呢。」棉花糖不再搭理我。

我賠著笑說：「其實這逛街吧，我看你逛的也是心不在焉的，不看風景，也不看街邊的人，怎麼回事嘛。」

「沒怎麼回事，只是覺得不爽吧。」她有點懶心無常的說。

我逗她說：「給你講個故事吧，盛文強說他有一個朋友，耍了朋友。他自嘲說，人家送女友一兩千歐的包，我只能送個兩千歐的電阻。人家送女友一LV的手提包，我只能送個AV的壓縮包。人家送一40W的車，我只能送個40W的燈泡。人家送一M6的寶馬，我只能送個M6的螺栓。人家送女友一24K的手鐲，我只能送個24K的新建文本文檔，人家送女友一筆記本電腦，我只能送個筆記本墊腦。」

棉花糖說：「這有啥稀罕的，重要的是兩個人的心意在就成了。」

「看看，這不就是問題所在嘛。我們啥時候開始變得這樣了，有點陌生有點熟悉的感覺了？我猜是你從上次逛街以後留下的後遺症吧。上次也是出來逛街，逛了半天，結果是不歡而散。」

棉花糖說：「你這是逛街嗎？看著你的表情都覺得誰欠了你幾百萬似的。」

我說：「逛街不一定非要都一樣的表情吧。」

棉花糖說：「那你跟我一起還讓我有好心情看呀。我知道女人都是這樣的，遇到不開心的事，總是看出問題多多。」

這忽然使我想到，兩個人的相處是需要放慢腳步細品，就像逛街一般，轉身之間靜心慢賞，留心周遭小小風景，都會發現點點滴滴的美好。這也是觀看之道的最高境界了，平時我們覺得逛街沒意思了，是因為我們對街道的感覺沒了。

隨後，我對棉花糖說：「都是你有理，你可知道，有時候我們這樣過下去，也滿有意思的，你看不到這其中的風景是多麼美妙，值得回味的多。你的回憶是有選擇性的，我也是。」

棉花糖還不大明白。我就裝糊塗，不再說下去了，反正這生活，就是這麼一路過下來，不好也不壞，最後記得的還是那一種好吧。

陌生的鄰居

前幾天，棉花糖回家，看到走道裏有一大坨垃圾散發出濃濃的臭味出來，誰丟的垃圾？棉花糖開初以為是我丟的，回家就說：「怎麼啦？垃圾丟的到處都是。」我還真沒注意到這回事（最近有點感冒，鼻子總是不大舒服，連嗅覺也遲鈍了）。棉花糖說：「你出門看看就知道啦。」

我打開門，就看見走道裏的垃圾。小區愛乾淨，像這種事絕無僅有的吧。搞不明白是怎麼回事？撤回來，跟棉花糖說：「是鄰居隨手丟的吧。」可是鄰居姓甚名誰？這還真不知道，雖然也互相見過好多次了，上樓下樓，總是打個照面，點點頭，僅此而已，卻沒有更多的瞭解。想去問一下，也沒個話說，總不能跑過去說：「哎呀，你們怎麼這樣？垃圾怎麼可以隨手丟，這是怎麼回事？」但這話一出口準吵架，還是算了吧。

說起來，在這個小區住了快一兩年了，能認識的人還真不多，即便小區有QQ群，有什麼事在那裏問問就解決了。好像居住在一個虛擬的城市一樣，大家即便見了面，還是互相認不出來，小區住了一千多號人，要是在老家的話，相當於一個村子的容量了，可是家長里短的，誰不知道呢。想到這一層，令我感慨的是，有段時間，不知誰家養了一條狗，晚上就把樓層當成自家的後花園，讓狗撒歡。這當然沒什麼，可誰知道有的時候，一大早，總會遇到一大坨狗屎。

這事接連發生了好幾起。遇上這個很惱火。有天，看見了那隻狗，就說了一句：「別到處拉屎啦，注意素質。」也許是主人聽見了這話，偶爾還能遇見牠在走道裏撒歡，從此很久沒見了走道裏的狗屎。

棉花糖說：「現在的鄰居關係淡薄了，總是有這樣那樣的藉口互相不往來。」豈知在這個時代，人與人的關係更多的靠不同的網路維繫，我們可以認識遠在千里之外的人，對他的日常生活瞭若指掌，卻對身邊的人很陌生。

這早已不再是一個傳統意義上的熟人網路。最奇特的有一次，在網上跟一個朋友聊天，說來說去，總覺得是那麼熟悉，原來是同在一個小區的人。不過，這種熟悉是靠網路存在的，這有點諷刺。就像我們對身邊的社會不再給予關心，卻心懷天下，這從某種意義上說，也是一種病態吧。

落腳城市

大學畢業以後，沒有回到故里，在成都一晃就是十多年了。似乎過得也還不錯，在老家的人看來。可是，對我來說，卻難以說到有多大的成就感。雖然在城市定居了下來，可還是有一種漂泊和距離感。棉花糖說：「你呀，就是惦記著自己老家的那一畝三分地，看不到美好的未來。」我承認，在某些時候，我是這樣，斤斤計較於生活的細節，說追求完美，或者把生活過得好一點，而這，也沒錯吧。

不過，在剛留在城市的那幾年，可真是想著，在城裏混不下去了，乾脆就回老家去，種種菜，侍弄一下花草，或者種地，也是不差的感覺，雖然不能跟城市相比，倒也是有安全感，每天少開支一點，照樣過得有質量，幹嘛那麼累，東跑西跑忙著找錢，還不是沒事了想過得舒心一點嗎？棉花糖就笑話我：「切，就憑你這想法，可真難辦。」那段時間，工作也經常換，租房居住，也是哪兒便宜就住哪兒，漸漸地都搬到城郊結合部去了。

落腳城市，那麼容易嗎？我對兒子說：「你看看，每大放學路過菜市場，總會看見那些進城做裝修的工人，掙的錢不多，說不定晚飯都沒著落的。他們也有危機感嘛。」

兒子倒不覺得這問題有多大，在他的經驗裏，這大概都是可以解決的問題。也因為是這樣。我所說的話在他們眼裏就變成了一種嘮叨。「哎呀，你不知道嗎？他們的一天工資都是兩三百，還以為像你一樣，忙活一個月，也掙不了多少錢？」說到收入，我倒也真是有點氣短，自從離職以後，掙的錢就經常是入不敷出了。棉花糖為此還很嚴肅地說，再這樣下去，大概真得回老家去。

這讓我想起每天吃飯的時候，我還是保持著在老家的習慣，饅頭離不了，他們一概不吃。

「饅頭有那麼好吃嗎？」棉花糖說，「我看，你還是有焦慮，還在想著有一天回老家的事吧。」我說不上來是不是她說的那麼回事，就沉默。而這在他們的眼裏，就成了古怪的人。

道格・桑德斯說：「我們回不去故鄉，也離不開城市。」這種尷尬的境遇，有時讓我們在生活中找不到北，在黑夜裏醒來，窗外的車聲，混雜著夜晚的氣息，不知幾時生長出莫名的愁緒，再也無法入睡了。

第3輯

小創意

型男煉成術

像我這樣的懶人總覺得生活是隨意一點的好，而什麼品位啦格調啦，似乎都無關緊要，畢竟在生活中，我們所做出來的樣子不是給別人看的。老婆棉花糖說：「你這是不思進取哦，再這樣懶下去，你的人氣可能差到極點啦。」我當然不當一回事，因為不管是在辦公室還是朋友聚會，雖然不是中心人物，也多多少少有人圍著轉的。

棉花糖為了改變我的狀況，先是買了一些像《假裝的藝術》、《型男學》之類的書，無他，就是先在理論上找到變成型男的依據，再就是實踐了。她說：「其實這不是叫你假裝，而是把你的優點再完美一下，讓更多的人見識你的魅力。」看上去很美好的事，但我知道的是，她總覺得我的隨意在跟她出門會友時覺得不夠酷，以至於很容易忽略我的存在。

我看完了型男教程，她又上網收集型男相關的資料，但我看來看去總覺得這有點「裝」，總不是那麼自然，生活中的一舉一動都得過得跟以前大不相同才行。按照教程上的說法，我真去辦公室實踐了一下，先是打電話時，一邊接電話一邊寫什麼，又端咖啡的手勢也換了。

同事好像看見怪物一樣，很驚奇地看著我：「你是怎麼啦？不是身體不舒服吧。」

「沒事沒事，只是想換下生活方式罷了。」

同事「哦」了一聲，各忙自己的去了，時不時也有人盯著看我一下，似乎不大相信自己的眼睛所看到的景象。

堅持幾天，我就放棄了。棉花糖還是一直鼓勵我：「再堅持一下，大家還是蠻接受你的新形象的哦。」可事實上，同事、朋友都早習慣了我以前的狀態，突然改變一下，著實要嚇人一跳，更何況型男是「不畏一切險阻，不惜一切代價，在辦公室、公園、地鐵、百貨商場等公共場合賣力拚人氣的戰士，是為了吸引眼球而奮不顧身的優等男人」。這完全就跟我的懶散完全相反的嘛。

不過，棉花糖說的也有道理。看來還得堅持一段時間，或許才能看出最終的效果。過了兩三個星期，同事似習慣了我的新作派，只是偶爾會說：「你這樣不覺得累嗎？」

我呵呵一笑：「年紀大了，總要有點自信找點自己的魅力。」這樣的解釋看上去有點荒誕，就好像我們總會慢慢習慣一些新事物一樣，總是有個過程的。

現在，是否變成了型男，連我也不清楚，但據棉花糖的可靠消息是，她不少朋友的反應還不壞，甚至在她女友間成了榜樣：「糖糖，你們家的真的太有型了，改天讓我家的學習下吧。」看來，這人氣提高的還是蠻快的了，在我還是很懷念以前懶懶的生活，那足以抵抗這個時代的庸俗——我們所過的生活是給自己看的。

做手工

現在的女孩子似乎多才多藝才行。朋友小哩沒事就做手工，做的錢包什麼的，在朋友圈中很受推崇，連衣服也幾乎都是自己做的，惹得棉花糖非要試試不可。但她壓根兒就沒手工的天賦不說，衣服上掉了扣子，還得我添上去呢。可是她說去做，八頭牛也拉不回來，除非是失敗了，或沒興趣了，就不再做下去了。

棉花糖先去買了關於手工的書，覺得八九不離十了，就買來一些花布，先是做個玩具，她說做的是一隻狗，我怎麼看著是什麼都不像，但又不好打擊她的積極性，就說：「做得很好嘛。以後乾脆不上班了，在淘寶開家店，就成了創意達人了哦。」她說：「還是你懂我，要不是怕你養不起，我早就不想去上班了，以後在家做手工，多少是自由的時間，也可以多做點喜歡做的事情。」

「那就很好嘛。」我敷衍著說，其實心裏想的是，看看你能折騰出啥樣，按照以往的慣例，這樣的事熱衷個一兩個月就差不多了。但這回棉花糖似乎鐵了心，把她做的玩具拿給同行看，大家說很有創意。棉花糖那個高興勁就甭提了。

剛好有個創意市集要進行，棉花糖興沖沖地去參加，沒曾想，她做的玩意還很受歡迎。我很奇怪是不是我真的老土了，連審美趣味都脫離了大眾？

棉花糖做手工越來越上癮，以至於週末時間，她都懶得出門了，在家搗鼓她的所謂創意產品。某天出去聚會，朋友老向問我棉花糖做手工的事情，我說：「她做得很好，上次創意市集上很受歡迎呢。」

老向說：「你還不知道呢，買她的東西都是我組織的人去的，說實話，她做的太誇張了，看上去都稀奇古怪，很不靠譜。」

我嘿嘿一笑：「其實她就是這樣，自己碰壁了才知道回頭的。」

老向說：「棉花糖還一直蒙在鼓裏呢。」

回家，我把這事跟棉花糖一說，她就恨恨地說：「原來你們都是騙我的哦，早知道這樣，就不讓你們看笑話了。」

「我們還不是為了你好，讓你多嘗試一下，就知道自己的能量有多大了。」我邊笑邊說。

棉花糖說：「你還笑得出來？」

「我當然笑得出來啦，又不是我做的事情嘛。」

棉花糖就不理我，自顧自的忙自己的去了。打那以後，她也不提做手工的事了，連她原來做的幾件玩具都不見了蹤影。這個故事告訴我們的是，偶爾做一下誇張的事，我們說是出格，而做了太多出格的事，人們就要另眼相看了，這人是不是腦子有病啊。這樣的人也不是腦子有病，只是新奇的想法多一些罷了。

花園裏的主義

對於家裏養個寵物，我跟棉花糖的意見是幾乎一致的：伺候自己吃喝都不要求那麼多的人，養個貓貓狗狗，實在是很難對付過去。何況對動物保護者來說，這樣幾近虐待的可能，實在是一種殘忍，只好打住。不過，這等於說，我們的日常生活是缺乏情趣的，連點照顧他（她）的可能都沒有，且不管是動物還是植物的，而是方便看著又養眼就成這個簡單目標——養一些植物倒真是不錯的主意。

棉花糖本來對植物也不怎麼上心，有次她問我番薯是長在樹上的嗎？我狠狠地批評了她一頓，差點眼淚都掉下來了，我是從農村出來的人，這點常識還是有的嘛。她呢，以前很不在乎，總覺得那是園藝家、植物學家幹的事情，自己看著安逸，至於知道它們的來歷與故事都是無關緊要的。

偏偏她又好學，就去網上買了植物圖譜什麼的，認真研究起來，還沒事去植物園與各種植物親密接觸，以期多認識那麼點植物。這樣做了段時間，她就懶了下來，總覺得這事看上去不靠譜——把有限的生命花在無限的植物上面，作為業餘人士實在是很不靠譜的事情。但我家的陽臺上好歹她還是佈置了下花花草草，弄得有一陣子很是茂盛，至於它們叫什麼名字，那又有什麼關係呢。

我說：「你這樣把亂七八糟的植物放在一起，就成花園了？」

棉花糖振振有詞的說：「怎麼是亂七八糟的呢？它們可是按照季節有序生長的。」

「你這就不懂生命的價值了。」

「這簡直是有點扯淡。」

她的理論幾乎是亂劈柴，所以也就沒道理可言。

她也不是按照養花理論上的說明那樣去養它們，而是想起來就去澆澆水什麼的，護花、修剪就都懶得做了。我說：「你早晚都會把它們養的像蒲公英一樣，飄的到處都是。」她就說：「你這個烏鴉嘴，好事也會被你說壞的。」果不其然，我的預言還是言中了，有一盆吊蘭死了，她養的不知什麼名字的蘭花更是像搖擺公仔一般，有時看上去精神不錯，有時又精神萎頓。

有天，朋友來家裏玩，看見如此的花園還是忍不住誇讚一番。棉花糖說：「養花嘛，就是養的是一種境界，思想。」呵呵，我在一旁忍不住想笑，又怕說破了，趕緊去倒一杯水來喝，一不小心還是笑了出來。

棉花糖就笑著對朋友說：「他最近神經不大好，老是變得莫名其妙的。」結果呢？大家就扯到別的地方去了。

棉花糖的說辭看上去很美好。其實，棉花糖壓根兒就不是想把花草養得怎麼樣，只是妝點我們的生活罷了。

搞搞創意

女人閒得無所事事，總是惹是生非，似乎不這樣就難以顯示出她的能耐來。這不，棉花糖閒了段時間，上班沒心情，連吃飯都覺得沒胃口。我都覺得她有些更年期綜合症了，但她還不到那個年紀嘛。思來想去，也搞不明白怎麼回事。這事看在眼裏，急在心裏，生怕她一時想不開會怎麼樣。其實，棉花糖也不會怎麼樣。無非是這平淡的日子過久了，需要有新玩法刺激下而已。

那天，去看一個搞藝術的朋友，棉花糖看了半天，說：「畫畫就是這樣簡單？」

我說：「你看著簡單，做起來還是很難的。」

朋友說：「你也會畫？」

棉花糖點點頭，就接過畫筆，胡亂畫了下。

朋友看了看，說：「你這風格適合搞漫畫。」

我說：「別開玩笑了，我認識她那麼多年了，還第一次聽說她適合畫漫畫，新鮮。」

「去去，跟著你這沒趣味的，哪兒有心情畫畫呢。」棉花糖說。

沒曾想回到家裏，她就胡亂的畫起來，簡直是亂七八糟，讓我看怎麼樣，我說：「很不錯。」她說：「我是有漫畫家的潛力的，你不知道吧。嘿嘿。」

棉花糖一下子就找到樂趣了。也不在憂慮了。沒事把作品拿給朋友指點指點，朋友好歹都是說：「很不錯。」只是有一次她如法炮製的拿給一個小朋友看，那小朋友說：「這畫的水平跟我差不多嘛。」小朋友也不客氣，說畫就畫，果然跟棉花糖不相上下。

這一下，棉花糖有些受傷。她這人就這樣，不受點「打擊」，聽得幾句表揚就以為自己牛叉得大師似的。我倒也懶得說她什麼了，一說起來，這是不支持她過獨立的生活。這話說的我真跟惡人似的。好言好語，我也落得個清淨，只是她不會隨時抱怨點什麼。

棉花糖畫漫畫還是堅持畫了一陣，沒多大成績，只是有朋友看她辛苦，在報紙上說是創意達人，讓棉花糖很是得意了一陣。但到底棉花糖的思想不在創意這上頭，對她來說，做這些事不過玩玩而已，又豈想著如何賺得人氣與銀兩？這都沒關係，也沒什麼要緊的。所以，棉花糖把日子過得東一榔頭西一棒槌的，很沒章法。

那以後，棉花糖還嘗試了多種新玩法，比如做手工比如去爬山比如玩設計，都無疾而終。這當然不是壞事，我也樂意看到她如此這般把生活過得起勁，這至少說明，她還跟從前一樣，讓人感覺到激情，這才是我所認識的棉花糖。

夏花會

夏天總是讓人有點百無聊賴，什麼事都懶得去做，棉花糖就在自己的陽臺上亂七八糟的種了一些花花草草。對這些我興趣不大，又不是老頭子嘛，整天要東忙西忙的，哪兒還有心情養花種草，棉花糖就說，切，太不懂得生活了。似乎也是這麼一回事，除了工作，跟朋友吃喝玩樂之外，似乎別的都關注很少了。

「你不知道吧，做個有生活情趣的人，多重要。」棉花糖說。

「現在的生活不是養花種草的時間嘛，得拚了老命去跟客戶會談，去做一些掙錢的事，老了才能悠哉遊哉的過幸福生活。」我嘿嘿一笑。

「說你俗你還不相信，這養花種草跟你的工作不矛盾，也不互相排斥。」她見我不放在心上，繼續說道。

「那是女人家的事。」我不經意的說了一句。

「你這不是大男人主義了嘛，平時在外面多會照顧人的，吃飯還夾菜什麼的，真肉麻，回家，就成這德性了？」棉花糖說。

我見說不過她，乾脆打開電腦，玩自己的去了，棉花糖在一旁搖搖頭。

過了段時間，有幾個畫插畫的朋友，說搞一個插畫展，畫夏天的植物啊花啊什麼的，「與大自然親近」。棉花糖說：「我可以把我家的花花草草拿一些過來，讓大家見識下植物。」

這主意不錯，可我在一旁潑涼水，「折騰啊，現在你做菜的手藝大不如從前了。」

「得了吧，你肯定是嫉妒啦。」棉花糖嫵媚地一笑。

這事我管不了，也懶得參與，棉花糖為畫展的事忙進忙出。沒曾想，畫展搞得很成功，很多人對棉花糖的花草很感興趣：「真想不到，在城市裏頭，還能看到這樣好看的花，你是怎麼做到的？」棉花糖很謙虛，但這還是招惹了一些花草愛好者到家裏來參觀。我躲在一旁，棉花糖時不時瞄我一眼，做一個V動作，那意思不說也明瞭，我也裝作看不見，真是的，這什麼事兒啊，都快把家弄成植物園了。

不僅如此，還有在媒體的朋友來探訪，看到茂密的花草，嘖嘖稱讚，問我有什麼感想。這可不好批評棉花糖的「不務正業」，好歹積極表揚一番，要不，接下來的日子她肯定鬧個沒完：「我就這點樂趣，你還不支持我？」

報導一出來，棉花糖喜笑顏開，說：「你還是多會說的嘛。」

我說：「這是給人家看的，不是給你看的。」

棉花糖說：「得了吧，誰不知道男人都是口是心非的傢伙。」

其實，看著這花草我並不是很討厭，只是覺得棉花糖對家裏的事務多一些關心，就更好一點的吧。

減肥記

少吃點，少吃點。晚飯時間，還沒開始，棉花糖就在旁邊念叨個沒完，真有點受不了，不就是吃飯嘛，雖然胖了一點（才八十公斤呀），犯得著這樣嗎？棉花糖可不管這些，打她認定我越來越懶得運動，懶得出門，就覺得該減肥了，而且更為過分的是她把我大學時的照片找出來，貼的到處，「你看你當年那個狀況，真是標致少年（六十公斤不到），哪兒像現在，嘖嘖……」

其實，我也不是一直像這樣胖下來，再說，現在啤酒幾乎戒掉了，小區旁邊開了家健身館。棉花糖說：「你得去試試啊。」連走路、跑步的方法都一一試過了，但總沒有達到她想要的效果。

「你看，我這身材這些年沒啥變化吧。」她在我身就臭顯擺了起來，還一邊問我的看法。

「身材沒變化，如果不化妝不修飾，那還不是很嚇人的。」我逗她說。

「去，哪兒跟哪兒。你要像我這樣，經常鍛鍊，吃飯也得靠譜一些，要不，會一直胖下去的。」棉花糖對這個問題十分關注，時不時就上升到哲學的問題上（人不能胖，一胖俗氣上升，越瘦的人離她靈魂的樣子越近。），但她懂得的頂多是減肥哲學吧。沒事，棉花糖就監督著我去健身房，去跑步，去走路。總之，非得瘦下來不可，至於手段嘛，可以多種多樣的，我可受不了這樣的折騰，要知道，胖與瘦，只是審美的差異，哪兒能牽涉到哲學的問題上。

女人似乎都是閒著沒事就折騰的物種，有時是折騰自己，有時折騰身邊的人，棉花糖折騰完了就說：「我還不是為了你好，有健康的身體多重要，現在你體會不到，等你老了就知道啦。」我可不理她的茬兒，但禁不住她左說右勸，弄得我連脾氣都沒有了，遇到這樣的女人，我只能說沒轍。

減肥了一兩個月，沒多大的效果，我都疑心是不是自己的身材就這樣了，無法減下去。

棉花糖在一旁還時常說：「看嘛，早叫你減肥你不做，現在晚了吧，減了這麼久，一點都沒減下來，脂肪太厚了。」

我說：「淨瞎扯，還不是你做的飯太好吃了，總是吃個沒完的緣故啊。」

她不同意這個說法，「同樣的飯為啥我沒吃胖呢。」

我嘿嘿一笑，「男人跟女人的體質是有差異的嘛。」不過我不得不同意，這次減肥真的是失敗了。

二手生活

隨著物價的上升，生活成本增加的速度快了許多，對工薪階層來說，壓力可真不小，如果再供房的話。棉花糖最近就感覺壓力大了，所以對待化妝品什麼的，都不大感冒了，不是真的不感冒，而是想著日常生活中的種種開支有增無減，都覺得再像以前一樣大手大腳，日子非破產不可。

這可不是誇張。她的同事小雁前段時間因為花錢太厲害了（女孩子總是少不得吃喝美容之類的吧），信用卡透支嚴重，連男友都覺得她不是很會過日子，乾脆一走了之，原本是在今年秋天就結婚的人兒。棉花糖開初還是無所謂，但看多了這樣的事情就把信用卡上繳到我這裏說：「從現在開始，過簡單生活。」

不僅如此，棉花糖沒事開始逛二手市場了，遇上喜歡的東西總是拿回來，價格算下來，比新貨便宜不少（有段時間她可是宜家的常客），「你去看看，那裏有很多有意思的東西，包準有你喜歡的。」她這樣給我建議。

「哎呀，你不是很討厭舊物嘛，我買舊書你都覺得不可忍受的。」我嘲笑她。

「那時候不懂得生活啊，再說了，連設計師許舜英都說，破爛美學的奇妙之處在於讓我可以理直氣壯地買一個用了三十年的很破舊的教室木椅放在家裏而不會感到窮酸氣，它不是一種貧窮或預算上的考量，反而意味著一種美學的選擇。你看，我這樣做也是很恰當的。」棉花糖居然引經據典，或許她早就有了這樣的主意也未可知，只是我沒注意到罷了。

隨後選了個日子，跟棉花糖去逛二手市場，還真別說，遇到了不少老舊的東西，勾起了許多的回憶：長桌、板凳之類的傢俱讓人想起童年圍桌吃飯的場景，搪瓷碗、搪瓷杯也很少見了，甚至連馬燈都想起一個人走在漆黑的夜裏……如許的舊物現在正在被新物所取代，它們零落地散在市場上，可真有一種孤獨之感。

逛了一圈下來，收穫不少，計有馬燈、噴水壺、箱子、蒲扇、草帽，看上去很有點混搭的味道。棉花糖回到家裏，把它們安置在不同的角落，看上去家裏有一種懷舊風格了。她說：「與其用很高檔的傢俱裝飾家裏，這樣的氛圍很好，容易讓人戀舊，即便是對小孩子也能傳承文化和歷史，它們可以講述逝去的歲月嘛。」

其實，我知道這只是一陣子的事，畢竟我們都不是那麼戀舊的人，過二手生活看上去很完美，其實只是裝飾我們的日常生活罷了。若要談得上是享受二手生活，恐怕還有一段距離了。

小清新

棉花糖下班回家就有些鬱悶。看那表情，似乎問題有點嚴重，我一時又說不上來該怎麼去安慰她。現在的女人，在不明情況的情況下，貿然安慰，顯然是一種失策。上一次就是遇到件什麼事，棉花糖嘮叨個沒完，我開初以為說的是別人的事，就說：「瞎操什麼心呢？」她說：「說你啊，原來我說了半天，都跟你沒關係啊。」我就不言語了。

這次我就不急於表態。棉花糖說：「看你把家裏搞成的啥樣？看上去都不爽。」我搞不明白是怎麼回事，看著她。「你看大象家的，那種色彩，看上去很奢侈，很有範兒，可你呢，搞了半天，差的很遠。」大象家我去過多少次了，每次去，差不多都是吃飯喝酒聊天，倒真沒在意他家的如何了。

「得了，你壓根兒就想著自己的事，家裏都不管不問了。」她有點怨恨，那眼神裏也是，以前可從來沒有這樣過，即便是發生天大的事。

看來這事很嚴重，原本家裏的裝修風格啥的，都是棉花糖「欽定」的，我只不過是按照她的要求落實下來罷了。沒曾想棉花糖卻忽然把這當成了我的錯，我有點生氣，但又不好說。然後她說：「按我的要求，把傢俱啥的都重新整理。」

「你當時小事一件？那麼多的東西要重新來過，不可思議。」我笑了笑說。

「你不願意，算了。」她說。似故意不拿眼看我，我坐在沙發上，也覺得這事說來很小，其實家嘛，自己覺得舒服才是最好的。

但棉花糖肯定當這是「歪理邪說」。棉花糖說：「你不知道嗎？現在家裝都流行小清新，哪兒看上去像你這樣，不中不洋，看著很奇怪的要命。」

「呵呵，這能有啥。小清新就像人一樣，不能看表象，要看內在的價值嘛。」我嘿嘿一笑。

「你還笑得出來？週末我的同事來咱們家玩，看到這樣子，肯定覺得我是沒品味的。」棉花糖說著，就不再理我。在她看來，這事至少是面子丟大了。

「沒啥大不了的。」我勸她說，「你知道，那種清新純美的風格，只能適合小女生，像你這樣的人，哪兒還能裝嫩去？這樣的風格正顯示出你的成熟和魅力。」

「還真有點道理。」棉花糖說。

過了幾天，她的同事如約而至，得到的是一片驚呼：「想不到你家還整的這麼有味道，真有文藝範兒。」

棉花糖趁他們沒留意，偷偷地衝我一笑，拌個鬼臉。

在微博扮上流社會

「看你整天晃在微博上，那你知道，怎麼樣才能吸引眾多的粉絲嗎？」棉花糖看我玩微博玩得不亦樂乎，就忍不住過來說。在她看來，像我這樣的玩家，玩了半天，也未必玩得出大名堂，「你看人家那些大V們，屁大的事，他們發出來，影響就非凡，你發出來，沒人理吧。」

「切，我要的跟他們的不一樣，幹嘛把我看的那麼低俗，在乎粉絲的多少。」我嘿嘿一笑。

棉花糖說：「我知道，你還是有虛榮心的。老這樣下去，也沒成就感吧。」

「那是。」我不得不承認，我在某些時候也是喜好熱鬧的人。

棉花糖就說：「別假裝清高了，我教你幾招吧。」

不等我回答，棉花糖就說：「你首先得分析時下的流行熱點話題，經常參與討論。然後得把自己打扮得時尚起來，沒事去逛逛時尚店。」

我趕緊打斷她的話：「有必要嗎？」

「怎麼沒必要。不是要你真的去逛，而是在微博上發這樣的資訊，對時尚給予評論，還有沒事就待在有品味的茶館，或者去星巴克之類的地方，這些地方你不一定要去，得拍一下一些這樣的照片。」

棉花糖滔滔不絕，好像對此她早已胸有成竹。「還有，有時間就發一點讀的書看的碟聽的音樂啥的，反正看上去很有文藝範兒的那種。」

「得了吧。我可不想那麼累，又不是我過的生活。」

棉花糖說：「這你就不懂了吧。現在社交網路可都是玩的上流社會。你看你整天寫的微博，都是小情緒，沒人關注呀。」

話雖如此，我還是覺得這不太靠譜，難道在微博上扮上流社會就是成功人士了？但看棉花糖分析得頭頭是道，似乎這樣也是一種生活，與現實相互調劑，和諧不就是這樣的混搭在一起，有調、有品嘛。但我不確信的是，這樣一來，大家看到的是另一個「我」，跟現實截然不同，會不會有人認為這是一種「人格分裂」？

棉花糖看我不太感興趣的樣子，就說：「你別把微博看得那麼神聖，不就是玩的地方嗎。玩得High一點，也沒什麼不好。」

我當然同意這樣的說法。但我也知道，「假裝」的上流社會，也只是假裝而已，能真的帶來更多的生活樂趣嗎？但我也知道，玩微博更重要的是心態，在風雲變幻中，我獨自玩樂，所謂社交也不過活得出泰然，那一種境界，才是極品吧。

敷衍社

有事沒事，棉花糖做事都心不在焉的，一般問個什麼，她都說「很不錯啊」，或者是「很好」、「可以」之類的詞就完了。好像怎麼做都不是問題，這在以前可不是這樣的，是什麼時候變成這樣的了？我有點疑惑，就偷偷地觀察。

我得承認，受《男人來自火星，女人來自金星》一書的影響，我都覺得對棉花糖的認識是不深刻的，總以為日久天長就習慣了、就熟悉了，但全不是那麼回事。有時她說話沒頭沒腦的，有時又有點天真，這樣的人要麼是缺根弦，要麼是故意的，我猜不透棉花糖屬於那種。不過，話又說回來，如果這樣分析起來也很累，又不是做什麼實驗報告。

「吃過晚飯之後，散步去吧。」在準備晚餐的時候，我故意說道。儘管是夏天，傍晚散步的話，也有一種景致吧。

「嗯，好像那邊的綠道很不錯，我看見不少人在那邊散步。」棉花糖說。

等吃過晚飯，我就玩去了，就忘了這茬兒，棉花糖也不氣惱，在以前她可是斤斤計較的。不一會她就給朋友打電話說：「哎呀，我現在嘗試了下在家裏的敷衍，效果很不錯，也不像以前活得那樣累了。」

敷衍？這成什麼話，難道跟家人的日常生活也需要敷衍過去，這說的也不太靠譜了吧。我不動聲色，等她把電話打完，就說：「你現在是不是有病啦，怎麼都顯得心不在焉的，是不是工作上的事？」

「切，你才有病呢。我在嘗試新的生活方式。」她白了我一眼，好像我的說法很可笑似的。

「怎麼回事？」我問她，實在是搞不明白她所說的生活方式是怎麼一回事了。

「就是敷衍啦。你不知道嗎？敷衍就是一種生活態度。我們有一群人是這樣的。」她說。

「敷衍？那不是偷懶、懈怠嗎？哎呀，你什麼時候變成這樣了。」

「你搞錯啦。偷懶是愚蠢的行為，決不能與敷衍相提並論。敷衍是一種禮貌！生活的真諦無非就是不斷相互敷衍的過程。」棉花糖繼續說，「敷衍是為了更好更快的完成自己的工作，讓時間留給自己真正愛做的事情上面。功力就在於憑經驗去把握每單工作的輕重，把握做事的節奏，從而不影響自己的情緒和健康！我們敷衍的是一些無聊乏味，虛耗光陰的事。」

棉花糖的這套理論還真讓我大跌眼鏡。還真不知道她什麼時候修練成了這樣的「精怪」。看這樣子，這可不是小事，我不由得擔心，遇到什麼事都是如此這般敷衍下去的話，那生活還會成什麼樣子呢？一定是不靠譜的凌亂了。

第4輯

小旅行

詩生活

有一陣子，棉花糖閒著沒事參加購房團去看風景，不少樓盤的宣傳語是「詩意地棲居」、「觀湖觀景觀天下」諸如此類的詞，看上去不管正面側面都是一處風景。起初，棉花糖覺得這應該是很好玩的事，就準備了單眼相機，準備拍一些照片回來，至於買房不買房那就不重要了。「這樣的美景拍下來也很不錯嘛。何況去看房時，不少樓盤還拿出必殺技，各種小吃點心應有盡有，那是家的貴賓享受。」她還將這次行動美其名曰「尋找詩生活」。

我笑她很傻很天真：「你當是好玩的事，哪兒有那般好玩，樓盤之所以如此處心積慮就是打動像你這樣的消費者，動心就成。」

「你以為人家都是像你這樣的小肚雞腸啊，什麼事叫你一分析，準是糟糕。」棉花糖笑我太迂腐了，總是說一些不合時宜的話。

「呵呵，你去看吧，看了你就知道啦。」我懶得爭辯，就說了一句。

棉花糖還真的跟著去逛了幾次，她回來還是誇讚，至於有幾成是真的，看表情也就猜了個七七八八，既然她覺得好玩我也沒啥話好說的。有一天，她終於懶得去看了，看來看去，都是那幾樣，美食固然新鮮可口，極具誘惑力，可按她的話來說：「我都會忽悠人了，沒曾想，還有高手。」

「詩生活很簡單的啊，你可以不像詩人那般寫出詩句，也可以活得很充實，哪裏需要東奔西走的去尋找？」我說，這顯然是廢話。但在棉花糖的眼裏，這就是非同一般。

「嘖嘖，還是你的理論高。我都對現在的生活有點失望了，年紀大了，激情不再，在這樣直奔老年，那就不敢想像了。」她擔心地說。

「有啥好擔心的呢？車到山前必有路。生活該咋過咋過，那是屬於你的生活。」我開導她說。誰說女人都是感性的動物，理性起來也是別具 格。我不由得感歎，像棉花糖這樣的也會偶爾遇見的。我的同事德拉有段時間也是這樣的狀態，搞得家人很痛苦，她動不動就生氣、發火，這跟更年期無關。

其實，這詩生活看似簡單，也不過這樣罷了。哪兒有那麼誇張，把日子過得小資兮兮，或追求一種浮誇的精緻，結果呢？可能就是走上歧途，不過這也有趣。納博科夫在《塞・奈特的真實生活》中寫過，一個叫高吉特的人在校園裏我行我素，旁若無人地撐一把傘在校園裏走來走去。多年以後，劍橋大學的學生們開始打傘了，一個教授揶揄道：「高吉特的傘下崽了。」所謂詩生活也是如此的吧。

地圖愛好者

每次出門旅行，在我都是吃喝玩樂的事，能遇見朋友自然更是更為開心，即便是尋著見不上也不會有太多的遺憾，畢竟下次還有的是機會。棉花糖出門可不是純粹去遊玩，搞得像人類學家一般，這裏看看，那裏瞅瞅，更為嚴重的是一準要買幾張地圖回來，其實，她也不是地圖專家，更不是地理愛好者。

開初，我很奇怪她這樣的做法。

「你不知道啊，有了地圖，就有了座標和方向，人類正是憑藉地圖找到自己的位置的嘛。」她如此說道。

我在旁邊看著，都覺得她有些古怪，現在的女人可真是不大靠譜，喜愛什麼都一陣風，巴不得什麼都收藏在自家裏。還好，棉花糖對奢侈品沒多大的興趣，即便是偶爾逛一次，也不在乎它們似的。

「你懂地圖嗎？」我還是滿腹疑問，要知道，按她的出行頻率的話，不到幾年功夫家裏非有幾百上千張各種地圖不可，那都是很恐怖的事，不知道的，還以為我們搞了一個地圖博物館啥的。

「呵呵，我什麼都懂得了，哪兒還能是現在的生活狀態，最起碼也算是精英分子了。」棉花糖說，正因為不懂，才要多積累，才會懂得嘛。

棉花糖說的有沒有道理，我在一旁都不太會追問。因為你一追問，彷彿就歧視她的所作所為似的，非要說個清楚不可，但生活中的許多事不是那麼一下子就容易說清楚的啊。

收集地圖就收集吧，反正她在收集地圖的過程中找到樂趣就好了。作為男人似乎都怕遇到女人不停地質問下去，從來是很遭罪的樣子。不曾想，連我出門都得買張地圖回來，甚至於連地理雜誌附送的地圖也都不放過。

朋友出門，問她：「想要什麼禮物呢？」

棉花糖說：「地圖。」

「你不是喜歡明信片嗎？」她們總是這樣的問。

「以前喜歡啊，不過，現在更喜歡地圖了。」棉花糖總是這樣解釋，「人都會變化的嘛。」

有時候，我們的生活就是這樣沒道理，喜好或許是我們熱愛一種玩樂的最好注解。不過，在科學家的眼裏，更有可能的是，我們總是以這樣的喜好建立與世界的關係，避免孤獨。棉花糖作為地圖愛好者，與其說是在關心地圖，不過是通過紙質的地圖在確認她跟周圍的關係罷了。

村上式跑步

小區的旁邊新近建了條綠道。棉花糖興奮得莫名其妙，嗯，終於可以像村上春樹寫的那樣跑步了。其實，她是個比我還懶的人，只要不是朋友的聚會或購物，她都懶得出門，還美其名曰是低碳生活。我都覺得這有些好笑。但看她那認真的樣兒，也就不能說出別樣的話來。誰叫她一旦喜歡上了什麼事，非得嘗試一下，至於結果如何，那並不是最重要的。開初，她還勸我跟她一起跑步，我覺得沒啥意思，何況像我這樣的老男人，即便跑步也難以出門成為一道風景了。

棉花糖自然有她的理由，什麼對健康有利啦，反正是不跑步就過得不是舒適的生活。好說歹說，還是支持了一把，嘗試跑了幾天，結果呢，「就這樣，跑步如同一日三餐、睡眠、家務和工作一樣，被組編進了生活循環。成了理所當然的習慣，難為情的感覺也變得淡薄了。」好像村上春樹都把話說明白了。

在跑步過程中，棉花糖還引用村上的話來說：「跑步時想什麼？根本想不起自己在跑步時想些什麼。寒冷的日子裏也許想想寒冷，炎熱的日子可能想想炎熱，快樂的時候想快樂，悲傷的時候想悲傷，有時候會想起一些往事，偶爾還會冒出一點兒寫小說的靈感，但從來不想正兒八經的事。跑步，只是跑步，原則上是在空白中跑，也許是為了獲得空白而跑。」我呢，哪兒想到這些，無非是想晚上是不是來個蹄花犒勞一下自己的辛苦。

棉花糖說：「就你這樣的俗人，哪兒體會到跑步精神。」

我開玩笑說：「那你還讓我來跑步？」「我不是怕你落伍到可怕的地步嘛，要是跟我一起出去，人家說看那個老頭是誰，你尷尬不尷尬？」我呵呵一笑，尷尬什麼呢？棉花糖不理會我了，就跑到前頭去。

我倒覺得跑步就那麼一回事，以前沒緣道時，也沒經常跑步，日子還不是照常過下去，太陽照常升起，哪兒有那麼多的生活規矩，重要的是生活開心就好。棉花糖總覺得我的理論不大靠譜，所以還時時拽著我跟她出行。

跑了段時間，有朋友提醒她說：「女的跑什麼步嘛，還是練瑜伽的好。」棉花糖想了想就決定改行，我終於可以沒事不再出門瞎跑了。正在慶幸的當兒，棉花糖又聽說跑步和瑜伽，交叉進行更有效。得，這下更為嚴重了。

這故事說明，村上迷人的地方不在於其思想，而是一種形式，照這樣的方式生活對我這樣的懶人來說，也是麻煩事了。

也算晃蕩，也算旅行

有一陣子，棉花糖迷住了舒國治的《理想的下午》，沒事就念叨著出門旅行，其實對出門旅行，她向來是畏懼的：總怕遇到食品安全、購物被宰，看見人山人海都覺得壓力很大，所以，寧可躲在家裏，也懶得出門一趟。

棉花糖說去旅行，野心看上去很大，其實頂多是在小區周邊走走，看看綠樹，看看野花，這當然看不見更多的人文風景線，幾近聊勝於無。

我說：「不在於你去哪兒旅行，而是在一室之內，是不是心懷天下的人文地理。」

棉花糖說：「得了吧，就你，還心懷天下，哪天不是想著吃喝拉撒的事情啊。」

我趕緊反駁說：「這不等於說是對天下的關注嗎？」

她呵呵一笑說：「這話不大靠譜，至少你的旅行跟舒老師的差距很大。」

我可不是那麼容易對什麼都迷戀的人，說白了，這個花花世界，夠我們欣賞的很多很多，哪兒還有心情停留在一棵樹上，從此看不見一片森林。

棉花糖說：「你的旅行，無法是怕多花銀子吧，你看，我們很久都沒出門旅行了。」

也是的啊。好像上次出門旅行是一兩年前的事吧。後來，就懶得出門旅行了，倒是待在家裏的時候居多。不過，棉花糖說：「我們可以學學舒老師在城市裏遊走，說不定有什麼新的發現。」這主意也好。等到了週末，就開始行動，在街上隨意走走。

看見那些熟悉的街景，它們有著怎樣的故事？有著怎樣的過去？我們慢慢地信步而行，走得累了，踱進一家小店，閒閒地看，也不擔心老闆不購物就不讓走，到底現在是城市觀光客，需要的是一份心境。

棉花糖逛了一次，就上癮了。這就跟逛街類似，總是有新鮮事物值得期待。接下來，沒事她就說：「我們去晃蕩一下吧。」在街上走來走去，或者沿著一條不知名的道路行走，都是有驚喜的，比如發現從來未曾留意的人和事，以及花草樹木，在棉花糖都是很有意味的。逛了那麼幾次，我都覺得沒多大意思了。

棉花糖說：「你不知道，這樣的閒逛，也是一種修練。」

我說：「瞎扯吧，人家舒老師也沒像你這樣的瞎逛呀。」

棉花糖說：「這你就不知道了，瞎逛看上去沒有目的，卻很容易有驚喜出現。」

固然這樣，我想像的到，棉花糖逛久了，也就沒興趣逛了，畢竟女人是易變的，做什麼事大都看興趣所在，等興趣沒了，也就想著新玩法了，閒逛也是這樣的。

那年國慶小旅行

每逢大假都懶得出門，各個景區都是人滿為患不說，就是吃住行都比平時高一些，在這個時候，最好的是宅在家裏，但「宅」個幾天，大概也是很惱火的事。這不，趕上了國慶，棉花糖說，今年咱們照樣不出遠門，累啊，玩不幾天就又要跑回來上班了。我自然滿心歡喜，她說，可這不等於閒著，我們不妨來一個小旅行。

何謂小旅行？棉花糖說：「老土了吧，小旅行就是周邊遊，玩的照樣開心，快樂。」於是，還沒等國慶開始，我們就規劃好了旅行路線圖，比如在第一天就確定了美食之旅，在城市裏尋找那些著名的小吃和美食，坐著公交車，看一路的城市風景，還能品嚐到地道的美食，也足夠令人賞心悅目了。

接著來一場書店行，每個書店都有自己的氣場，其氛圍其書店風格，都大有學問，再說，在書店間巡遊，到底也是精神的享樂，倒不必在乎這書裏書外的故事是否精彩和絢爛了。我們一連逛了四五家書店，比如：「今日閱讀」、「西西弗」……都給人印象深刻，說起來，也是收穫不少，買回家的書一大疊——後面的幾天如果不出門的話，可以臥遊啦。

第三天騎行。騎著自行車在城市裏的各個角落裏穿行，看街道上的風景、人物，以及由此延伸出的種種故事，這讓人想起城市的溫情一面，偶爾停下來，駐足，看看這裏那裏的變遷，咦，那家火鍋店不知何時變成了服裝店……城市的生長細節就是在這些細微的變化當中的。在學生時代可沒少騎自行車溜達，後來工作了倒是遠離了這種出行方式，無他，每次出行總是想著能快速到達目的地——不停地奔走，以此來滿足自己內心的欲求：名利財富再多一些罷了。

第四天選擇的是徒步。在大街上走來走去，不是去逛商場，也不是不停地奔走，這樣的一種狀態更像本雅明筆下的城市漫遊者，學一學舒國治，過一個理想的下午，走得累了，就進一家茶館，「為的未必是茶（雖我也偶略一喝），為的未必是老人（雖也是好景），為的未必是幾十張古垢方桌所圈構一大敞廳、上頂竹篾棚的這種建築趣韻，都不是。為的是什麼呢？比較是茶爐上的煙汽加上人桌上繚繞的香煙連同人嘴裏哈出的霧氣，是的，便是這些微邈不可得的所謂『人煙』才是我下床推門要去親臨身炙的東西」。這樣的風景，也夠好。

如此的旅行當然令人賞心悅目。棉花糖說：「看看，這個樣子的旅行，你對這個城市的印象肯定大為不同。」

我說：「是，原來我們總以為很多事情是可以置身事外的，它們統統跟我們無關嘛。」

棉花糖說：「得了，我想說的是，不同的旅行讓人看到不同的風光。」是了。我們不必經常出遠門去旅行（有錢有時間當然沒問題啦），而在城市裏小旅行，能讓我們見識到城市的不同面貌，那也是不可複製的小風景。

但是風還在繼續

天底下最好玩的事大概是自以為趣。前段時間在昆明遊玩了多日，說是玩，也沒去看什麼風景，其實只是一群朋友吃喝玩樂，倒也沒去什麼地方逛逛，說起來到底不是愛紮堆的人，翠湖邊坐著，喝茶，就覺得已經是很完美了。

到西山去玩吧。有一天，實在是找不到好玩的了，朋友就建議說：「有什麼好玩的？」我疑惑。「去了就知道啦。」他說。

對於自然風景，固然吸引人，但人多也就不大好玩了。去就去，怕則個。於是就一起向西山進發，也就二三十里路，就當來一次郊遊好了。朋友說：「從昆明城東南一眺望，西山宛如一位美女臥在滇池兩岸。她的頭、胸、腹、腿部歷歷在目，青絲飄灑在滇池的波光浪影之中，顯得丰姿綽約，嫵媚動人。」

遠看，果然是。其實這樣的景致見的多了，每個看見的人都有些想像，到底那是怎樣的樣子，看風景，適宜遠觀，如果近看，可能就不是那般的美好。但西山給人的印象大不相同，既有風姿，亦有樣貌，即便是山中寺院，也多少有些不同於四川寺院的氣象。

捨車，步行。走在林木間，朋友一邊閒閒地介紹，似乎不來這裏就白來了一趟，固然，看昆明的方式可有很多種，比如汪曾祺說雨：濁酒一杯天過午，木香花濕雨沉沉。比如昆明的小吃，凡此等等，不一而足，也有風景，各有情味。但說起西山，印象總覺得山的味道濃了些，少了點俗氣，特別是在那些常人常見的細節中，透露出來的一種景致，令人有許多的驚喜——逛山就是在山體中體味出它的性情吧。

那天，風很大，我們說話有點費勁，很容易就吹跑了。在山路上，見到的行人不是很多，大概因為這時節不是逛西山的最好季節吧。山在不同的季節其風貌也有所差異，即便是常見的物事也極易引人遐想。後來走得有些倦了，也有些渴了，在茶鋪裏歇息，西山有一點寫意，人都有些飄忽了。

從西山回來的那天晚上，做了一個夢。在夢裏，是白天走的路，路的盡頭則拐一個彎繼續向上，綿延著，看不到盡頭，那時候似在走路又像在奔跑，但是風還在繼續。

旅遊創意學

有段時間，上班上得我有點心煩意亂，就想著出門走走，再這樣下去，估計不是神經錯亂，就是從此絕跡江湖了。棉花糖說：「看你今年的運氣就是很差，怎麼著都不會順心。」我說：「這跟心情沒關係，只是突然覺得這生活沒意思了。」

這說法看上去有些矯情。棉花糖說：「得了吧，看看你這抱怨，那些吃不起飽飯的人是不是還要慘一些？」我看了看她，覺得這話有一些道理，只是自己一時想不開罷了。說出去走走，但總有這樣那樣的事羈絆住。棉花糖說：「那就不一定出門去旅行，比如來個小旅行，就是沒事打發時間罷了。」

「呵呵，你說的小旅行能有啥了不起，無法是在周邊轉轉吧，大不了徒步逛街去。」我覺得有時候她大腦簡單的不靠譜，總是有點不那麼切合實際。上次她建議去逛逛公園，被我拒絕了，公園現在都成了老頭老太太聚會的場所，我去，一個半大小夥子混跡其間總不大合適的。

「這你就不懂了吧。你還不知道現在流行的是創意旅遊。你哪怕是下樓走五分鐘到小區旁邊的超市買杯酸奶，感覺都像『小旅行』。要是再坐在店前遮陽傘下的椅子上把它當場喝完，間或抬頭看看遠近的園景，那就已經有『野餐感』了。」棉花糖如此說道。

「這也算旅遊？會不會太誇張了些。」我睜大了眼睛，不相信，還有這等旅遊法，一般說去旅遊不是景區看看，就是到古鎮或街上走馬觀花地看一下的嘛，這樣的旅遊還真沒去體驗過。

「還有更離奇的呢，有一種是心靈旅遊，就是看一冊書、一幅畫、一棟建築、一件藝術品，看什麼都好，你會產生想像的，也會有小小的感慨什麼的吧，把它再記錄下來，也是一段別樣的旅遊。」棉花糖滔滔不絕地說，「不過，這樣的旅遊更適合小資或文藝青年一些，只要有一個空間就成。」

看棉花糖說的那麼起勁，想來也不會很差。就嘗試著先來一段心靈旅遊，翻一下諾特博姆的《流浪者旅店》，跟著他到處去溜達，看風景也好，欣賞人文映射也罷，果然有那麼一點小情調和趣味，這是以前從來沒有體驗過的。

如果再把空間放大一點，也就像莊子所說的那般，來一趟逍遙遊，看到的風景就更多了。這樣的創意，讓焦慮遠遠走開的同時，也收穫了寧馨。確實，若我們在生活中多一些創意，那豈不就是說能更多的享受生活的樂趣了？

居遊

週末時光，以前都是待在家裏度過的，常常宅在家裏，消費固然下來了，但長久待在家裏，也不是辦法。棉花糖說：「要不，咱們去出遊一次？」我當然希望出去走走，至於去哪兒並不是最重要的。為這，棉花糖還在網上搜索了半天，找好玩的地方，熱門的景點就算了，除了看人來人往之外，可玩的也不多。

「與其一天跑幾個地方玩，不如在一個地方待著，然後在周邊遊玩，看看山看看水都好，即便是看看那裏的人物風情，也會別有一番味道吧。」我這樣建議說。

「老土啦，你還真當是旅行家，看的問題都跟別人不一樣。」棉花糖嘿嘿一笑。

「算不上啊，只是相對於常規的旅遊，還可以找到更好玩的地方罷了。」我這樣說，當然是想與其把時間都花在奔波的路上，倒不如花在遊玩的地方，說是遊玩，更多的是在一個地方居住下來，花兩三天時間，做漫遊者也好。

這主意看上去很不壞，但在棉花糖看來，有點奢侈，人家出門旅行，地方去的多，花樣也多。去一個地方玩，會不會顯得太單調了？她不免有些遊移起來。

「不管如何，試試才知道是怎麼回事嘛。對一個小地方的細緻觀察，也很有意思的。」我這樣說。

週末又來到，我們選了周邊的古鎮去，然後找家客棧住下來，兩天的時間在古鎮裏東遊西逛，看到的風景就跟別人不大一樣，總是在不經意的地方出現驚喜，第一天下午在河邊曬太陽，遊客漸漸地散去，只有當地人在街上來往，叫賣的東西也跟上午有很大的差異，價格更地道一些了。不僅如此，在跟那些小販閒聊，更容易發現一個小鎮的肌理了——確實，觀光客只看到它的表面的。

隨手拍下的照片，看上去樸實無華。人的笑臉也格外爽朗，有時候從那一雙眼睛裏也能讀懂歲月的滄桑——好的壞的都會在一個人的臉上留下些許的痕跡，只是輕易不為大眾所知道罷了。如此待下來，也會發現：與城裏人相比，他們的日常生活方式還是仿古的：如果去掉了現代的裝飾和空間的話，簡直有穿越歷史時空的感覺了。

回來，偶然在書店看到臺灣作家韓良憶的《在歐洲，逛市集》，她提出了居遊的旅行概念，所謂「居遊」，是指不同於一般的走馬觀花式旅遊，而是在一個地方住下來，哪怕幾天也好，去體會當地生活。這種旅行是放鬆，是發現，是美妙。棉花糖忍不住逗樂：哈哈，想不到一不小心就邁進了居遊時代啦。

花想要的自由

春暖花開，久悶在辦公室的棉花糖想著去年逛郊野的事，那次玩得開心，移栽了不知名的野花，在陽臺上，想像著它們花姿綽約，迎風招展，那樣子別提多美了。可是，花草雖然移栽過來了，卻不見其精彩地亮相，想來，還是不懂照顧花草的緣故吧。

可是，棉花糖覺得這不是問題的關鍵，而是花草都有自己的性情，它們愛待的地方，才能順其自然地生長、開花、結果。也就是說，它們不是為了欣賞者開放的。但儘管如此，棉花糖還是忍不住嚮往那樣的一種風景：鮮花盛開。這不，趁了週末，按捺不住內心的激動，無論如何，再去郊野看一下野花。

接著，騎著腳踏車，穿街走巷，離開城市越來越遠了，路上的行人稀疏，就連汽車也少了許多，呼吸一下春天的氣息，都讓人覺得世界是如此美好，令人不免想起些許詩句，以及蔓延在原野上的時空，好像一切都是為了展示其形態、姿勢之美麗，棉花糖與高采烈，我覺得這有些矯情，到底是怎麼回事，一到這樣的季節，就出來逛逛？

出乎意料的是，雖然遠離了城市，可郊野的氣息顯得並不是那種的原生態之美，而是路的兩側被封堵上了，看來，不久的將來，新的樓房會屹立在那兒，想想，都覺得不是滋味。好歹，還能看見稀疏的野花，它們像去年那樣綻放。

面對這樣的風景，棉花糖大呼小叫的。

我說：「別高興的太早啦。它們會在某一天消失掉的。」

「真是煞風景。」棉花糖白了我一眼。

「你看，都有圍牆了嘛。」我跟她解釋說。不過，在棉花糖的眼裏，這都不是最重要的。這就像我們看見城市生長的越來越快，卻越來越看不清楚它的邊界，成為卡爾維諾所說的「看不見的城市」，它卻是完美的。存活於（馬可波羅或忽必烈的）腦海中，由所有不完美的城市的不同優點組合而成。

在回來的路上，棉花糖有點悶悶不樂，似乎在想著這些花草的命運。花草兀自地生長、開放，它們想要的自由只不過不是我們眼中的「風景」罷了：我要做一回解放者，我要滿足它們，讓青桃乍開的臉全去眺望啊，大概是它們生長的全部要義了。

房間裏的旅行者

最近一段時間，棉花糖得了職場綜合症，其背後原因當然是職場裏的那種種人事，讓她看見熟悉的或陌生的面孔，都有一點厭煩之感，不僅如此，對於每天朝九晚五的去上班，也興趣不大，只是因為是房奴，不得不掙扎在上班族當中。最近剛好又在看李鮮的《幹嘛要上班》，邊讀邊傷心，原來跟自己相同故事的人多了去了。

晴好的週末，春天花田，燦爛得讓人都想入非非，但棉花糖卻足不出戶，我說：

「我們去郊遊吧。」

棉花糖說：「哪兒有那麼好的心情，看著路上的人，都覺得他們的目光有點奇怪。」

其實，人家只是有意無意地瞟那麼一眼，她就聯想起職場裏的事，那可真是「步步驚心」，原來你以為是好友、閨蜜，可一轉眼，就當成了敵人。

棉花糖說：「你看，在利益面前，單位同事哪兒有那麼多的親近？」

我就笑她過於敏感，原本是一件小事，一經解讀，也就成了忽悠。我說：「你也別那麼計較，別人愛怎麼說怎麼說，跟你有啥關係？你又不是為了他們去上班。」

棉花糖說：「你看他們看人的目光，不由得你不想，除非你是傻瓜。」

在職場混那麼多年，說實在的。遇到棉花糖這樣的，還真不多見。我也懶得勸她了，自己玩去，生怕一不小心連我都當成了她的同時，那可真悲催了。棉花糖在家閒著，無事可做，或者說是有一大堆事，等著她去做，她卻沒心情去做，內心充滿了焦慮，嘴上還在不停地嘮叨，再不做完，就有好戲看了。

「你再這樣，可真是無法拯救了。」終於，我忍不住去說她了。

棉花糖一臉委屈，「我早知道你會這樣說，但這於事無補，你不知道，在職場上，很多時候遭遇的事故，算不上事故，只是放大了看罷了。」

我說：「這就是你的毛病，不管如何，做好自己的，心安理得就是啦。」

棉花糖一個勁地搖頭。就這樣，她成了房間裏的旅行者，懶得出門去轉轉，經常端坐在電腦前，一點想做事的想法都沒有，更新郵箱，查看微博，都是沒有激情似的。有時，乾脆在房間裏走來走去，不為做什麼，以前還只為了偶爾發呆，現在只能說是，在房間裏眺望別處，她看到的是怎樣的景象？我一直很好奇，卻不再問她，我知道，對於職場中的病人，只有時間能讓她恢復——找到自己的生活方式。

遊一堂

朋友閒著沒事，打算做一個旅遊的網站，網站說起來簡單，但要做得好卻是很難。有段時間，經常泡在一起聊這事。說起來，都是貪玩的人，總是覺得生活再好，若缺乏玩的樂趣，可能人生就大打折扣了。

話說網站進行了差不多大半年，還要搞一個電子雜誌，名字內容都想好了，也陸續約一些稿子，採訪一些人物，接下來的事情一路走來，眼看著事情越來越順手，連接下來的一些活動什麼的，都開始籌備了。

棉花糖看我每天忙得亂七八糟，就說：「看你跟真的似的，咱們的度假以後都有得計畫了。」

我說：「那是，咱做的事靠譜，你放心，今年先在周邊玩下，明年啥時候都可以訂出國的計畫了。」

按照規劃，這也不是難事。那麼多旅遊網站做得都不差，何況咱提供的體驗式旅行，既有攻略，更多的是獨家的內容，這做個一年半載，說不準就可以上市了。這般的夢想說來，怕是做夢也會笑醒了。

那天，出去參加一個聚會，說起做網站的事，大家興致很高，話越說越大，酒的興致也提起來了，如此這般，一不小心就喝醉了。回到家，還在暢想未來。棉花糖說：「我們是不是要趁週末出行一下？」我當然說：「要得，這沒問題之類的啦。」

當然，這是閒話。過不了幾天，問問朋友網站進展的如何？

「哎呀，你還不知道嗎？我已經賣了。」

我一下子沒反應過來，總覺得這事不會來得太快，記得上次聊天，還說是在接觸風投呢？

網站沒戲了。忽然想起了《朗姆酒日記》的一句話，我們所有人都如演員一般，在毫無意義的漂泊中欺騙自己。一方面懷抱著無盡的理想，另一方面又為未來感到徬徨，我在這兩股力量的拉扯之下，繼續著這樣的生活。

現在想來都覺得這事有點好玩，網站的名字取名叫「遊一堂」，一不小心就在想像中遊一趟。這也算是難得的樂趣了吧。只是接下來棉花糖肯定要抱怨一下她的旅行計畫了。

即景

上週末，閒得無事，在家，看見外面一地陽光，就忍不住出去走走。棉花糖說：「春色無邊。」我倒不是羨慕春天的風景，而是想通過行走，抵達到某一種目的。我猜想這是因為工作壓力太大，跟朋友聊天，嘮叨這個沒完，可一次兩次尚可，次數多了，怕是越聽越討厭，真好像是美好的晴天，突然又是風又是雨的，多麼煞風景呢。

說來，在城市裏閒逛，打望風景，多少也難以看見，人潮洶湧，車來車往，這場景，被建築逼仄的壓成一個個線條，這欣賞，多少也有一重孤獨的意思。這讓我想起詩人啞石說，詩人原本就是孤獨的個體，但更多的是喜歡喧鬧的場景，好似一個名利場。其實，在城市，何嘗不是這樣的感覺？

棉花糖走得累了，就在一條小街的街邊隨便找一張椅子坐下，我也站在那裏，看路邊的行人、叫賣的小販。一切看上去那麼安詳。想像著每天忙進忙出，卻不見忙出什麼名堂來——其實，每個人都嚮往那一份成功，但對於成功只是從功利上去計較，卻忽略掉了生活應有的那份自在和美滿，是因為生活本來應該呈現出的是這樣的一種姿態。

在街邊駐足，更多的時候也不是為了風景，而是歇息。而這種歇息也可以分為兩種，一是身體的暫停運動，一是心靈的漫步的暫停，但不管是哪一種，其所體現的精神就像棉花糖說的那般「讓自己在生活中多找出一些出口，透氣」。

走進一家小吃店，米線。店小，人多，好不容易坐下來。米線要自己端。人來人往的，各種方言匯集，很是熱鬧。其實，這樣的市井小店是平時難得逛的，總覺得這樣的店裝潢不是那般華麗，店堂也不夠寬敞，即便是再美味的食物，也難以吃出好心情來。一嚐，還不算很壞。這一餐也是難得的一次體驗了。

又在街上散步。想起舒國治的《台北小吃札記》，以及理想的下午來。這樣的散步算不算，我不知道，更多的時候，我們所做的事情，也不是那般明確地計較最後的結果，可能活得更為舒心一點，反之，就可能掉進生活的「漩渦」，美好不美好，都成了一種奢侈品。

很多的瞬間，我們留下美好的印記，那會讓我們惦記過去。棉花糖說：。「這就像我們的每一次這般的漫步，看似重複，其實是在尋求生命的意義」我笑她多想，我們哪兒有那麼多的閒情逸致，賦予生活如此多彩呢？

春天快事

春暖花開，陽光懶散地灑下來，閒著無事。跟棉花糖出去走走，不進城，就在城郊走走，說城郊，其實只是遠離城區一點兒，不算多遠，卻能看見不一樣的風景。有一處待建的工地上，雜草叢生，不知誰似乎突然有了興致，栽種上了油菜、蠶豆，以及一些菜蔬，看上去，花朵點點，在春風裏，飄飄灑灑，也很美觀。

棉花糖不由得抒情起來，「好像看見了萬千世界中的美好。真沒想到，還能遇見這樣的景致。」

我說：「那是你太懶了，總是進城，會友喝茶，看車來車往，哪兒有閒情做這等無用之事呢。」

棉花糖說：「這可不是我太世俗，而是我們的生活原本就是如此。誰能超越了它呢。」

我承認這一點，我們總是在嚮往美好生活，總是期待一個可以期許的未來。但僅僅這樣，我們的靈魂差不多就成了飄蕩在物慾世界裏的孤魂野鬼了。

站在路面，面對著那一棵棵樹木，居然都不太認識了。棉花糖興致勃勃，隨手拍下照片，放到微博上，在眾多網友的確認下，才搞明白，那些花有白玉蘭、茶花、西府海棠，原來以為對植物很熟悉的她，面對這花花世界，也多少有點迷茫了。還有一種是淺紫小花，據朋友說是婆婆納，印象中，盧梭曾描述過婆婆納：「具有不規整的合瓣花，花瓣四裂，其中總有一個裂片比其他幾片更小或更大。」哎呀，第一次見到實物，還是有點驚訝的。

「真沒想到，我是對它們多麼無知。」棉花糖忍不住說。好像是做錯事的孩子。我勸她想開一點，畢竟我們不是植物學家，哪兒能認識自然界的許多植物呢？

事實上，我們面對植物時總是如此，它們平時在我們身邊出現，似乎已十分熟悉，包括它們的形狀，生長態勢，以及性情。但一到面對時，卻是印象模糊，甚至說不出個所以然也是常有的事。

走了半天，看得也差不多了，打道回家。這一次小旅行，說來，沒去某個古鎮看活之外，還能享受一點自然的情趣。這一種愛，雖然不甚偉大，卻足夠溫馨了。看，而是隨意的行走，看自然風光，這樣的快事卻也讓人惦念，到底是我們在忙碌的生

有一種幸福叫春遊

年紀在一天天老大，人生似乎也似乎早已定格，碌碌無為也好，功成名就也罷，到底都是身外之物，逢上娛樂場所，也變得拘謹，好像那已不是自己的天下，回想起前塵舊事，多少有點感慨，還沒那麼老，不知怎麼就開始回憶了。

那天去參加同學會，回憶起那一段青蔥的高中歲月，快樂非常。老家在平原，沒有高山流水，倒是一條溪流繞過城鎮緩緩而過，說不上多少詩意，倒也有一種味道。最喜的是春遊，拿一天時間出門行走，說遊不過是在田野裏行走，距離學校二三里外有一個花木苗圃場，栽種的樹苗，以及桃花，地方大約有十幾畝吧，但也好歹算得上一處勝景。

在春遊的那一天，整裝待發，不僅是一場同學會，而且男女同學更可以找一僻靜處，自在地閒聊、勾搭。印象最深的是開初走路去的時候，大家還有些拘束，畢竟是集體活動，等到了苗圃場，大家就四散開去，哪兒還尋得到人影，雖然苗圃場也沒個喝茶的所在，沒有約會的同學就聚在一起玩耍，也無非是打撲克，玩升級吧。玩來玩去，也沒多大意思，好在時間打發了，等到膩了時，差不多是該回去了的時間。

春遊，我猜更主要的是以春的名義出行，可以賦予各種意義的，比如傾聽春天的聲音，自然、抒情，但我們不懂的這樣的好，只當做一次難得的出遊機會而已。這樣的活動我當然是跟著大部隊行走，靦腆而不知該如何向女生表達，而暗戀的女生早已跟女生們廝混在一起，笑聲清脆，彷彿春天的鴿聲，美妙而又婉轉。但就是這樣看上去不算多美好的春遊，大家玩的開心，玩上半天，回去。找家館子繼續聚會，這聚會基本上都是男同學才參加的，那已約好的同學早已找出種種理由先行撤了。

吃喝對學生來說也是太奢華了點，要幾樣稍顯粗糙的小菜，就著有點純正的大麯酒，談笑風聲，酒快速地下肚，整個春遊在有人醉倒時差不多才算結束，最後如何收場的，在我都是模糊的印象。

翻檢舊日所記的日記，看著忍不住樂起來，好像某一次的春遊中，還給女生寫了信，約定第二天的內容，至於第二天如何，卻印象全無，想必是那一天被忽然的計畫所打亂，那時的喜歡好像是一種由內心的熱愛，不摻雜質，雖然說那女生拿今天的眼光來看，算不上美女，更不要說驚為天人了。即便是如此，到底還是留下至今來說，仍然算得上是遺憾的物事來了。話雖如此，看當時的春遊照片，真有點奇怪自己不知何時竟然被歲月催變成了莫名的胖子，而當年的女生想來也早已嫁為人婦，過著相夫教子的生活吧。已是十多年不見，真不知道在命運某處，或在某一天突然邂逅，是否還能認得出當年的容顏。

卡爾維諾的下午

有時，我們無法給予生活以定義。我猜，可能是因為生活的激情在逐漸消退，就像潮水一般，所以，很多個下午，我呆坐在房間裏，無所事事，又一副很忙的樣子。以至於棉花糖回家看到這樣的情形，都有點奇怪：「你在忙啥呢？」

「沒忙啥，無非是在閒著吧。」我這樣回答。但我總覺得這不是我想像中生活的樣子。以前，在老家的時候，在農閒季節，不必擔心地裏的莊稼長勢如何，它們是按照自己的規律在成長，不需要你操心。至於說照料，也不是那麼費事，不必專門去學，跟著別人學樣就能學會了。那麼，就肆無忌憚地地曬太陽，喝茶，聊大天。現在呢，當然沒這樣的狀態和心情。

「你呀！該經常出去走走，跟大眾接觸一下，也許你就會發現，日子還是蠻有滋味的。你看，像卡爾維諾那樣，一個下午過得可能是有點百無聊賴，卻也有自己的意思在嘛。」棉花糖不知何時也開始使用這樣的詞語說話，讓我有點驚訝。

「呵，跟卡爾維諾喝一下午的茶，不也是很不錯的選擇嗎？」我如此回了一句。

但我知道，這都是生活的表象。這就好像我們在出門辦事，風風火火與其說是一種風格，倒不如說是想盡早把事情確定，完成，以此來證明我們的生活是多麼有規律，富有意義，不是那麼笨拙地生活。

事實上，我們是在不斷地修正自己的生活，使它往正確的方向走下去，少一點遺憾。我想了起來，卡爾維諾有段話說的是：「有一次我路過宇宙空間，我在某個地方故意做了個記號，想在兩億年之後，當我再轉到那兒時重新再找到它……可就在我留過記號的那個點上，代之以一道不成形的線條，它在被搗碎了的破損的空間之中，像是一道劃破的傷痕……我沮喪失望了，像失去知覺似的被人拽過去許多光年。」他又說：「城市裏的每樣創新，都會影響天空的樣子。」

在一個懶散的下午，其寓意是否也影響到了想像空間的樣子？我不太確定。最後，棉花糖說：「得了吧，誰在乎你的那些奇思妙想。」看看，我就知道是這樣，我們已經無法在日常聊聊卡爾維諾了，棉花糖更關心的是，今晚我們該吃點什麼，犒賞一下這個週末。

第5輯

小飲食

美食家

有天，路過菜市場，有賣野菜捲、艾蒿饃饃的，香氣逼人，棉花糖就嘴饞得嚥下口水——美食的誘惑對她來說，遠比衣服的要厲害得多，忍不住買了些回來。不吃不知道，一吃嚇一跳，吃過之後那種感覺讓她一下子找到了久違的回憶。棉花糖說：「真想不到，我還能吃到這樣好吃的東西。」其實，現在美食到處都是，至於有多少是真正的美食，那就不得而知了。

週末，棉花糖就跑到野外去尋找野菜去了，我並不看好，說到底，她的那些植物知識頂多是看看書學來的，沒多少實踐經驗。偏偏棉花糖又是好事的主兒，我也沒奈何，只好跟著去。

生活在城市，看來看去都是道路、建築，連幾棵樹被修整的也沒個樹的形狀。走了差不多三四十公里，看到莊稼、油菜花，棉花糖很興奮，就到處找野菜，費了半天勁兒，找到了薺菜，艾蒿找來找去沒找到。棉花糖說：「今天我來給你做好吃的。」我站在一旁呵呵地笑，這話只能說說而已，要真是去做，那還不是整得廚房亂七八糟的——對於美食，她吃的興趣永遠比做的大些，多半到最後是我來收拾殘局。

這次棉花糖還真是來了興致，讓我一邊待著去，「別礙手礙腳的」，我就玩微博去，等了半天，飯菜終於做了出來，薺菜做的饃饃，看上去都很不壞。我嚐了一口，太鹹了點；涼拌萵苣，醬油放多了——總是差那麼一點。我說：「味道還不錯，比我想像的好。」

棉花糖說：「肯定又是想多糟糕了，你對我這個美食家就這麼沒信心嗎？」

我說：「不是沒信心，而是你的手藝真的是不大敢恭維。」

棉花糖狠狠地說：「哎喲，你可真是越來越直接了。」

我不再去搭茬，因為接下來她肯定要很生氣地來一段「咆哮體」：「有木有，有木有……」

我逗她玩說：「跟以前比，進步還是很大的，有點美食家的味道了。」

棉花糖說：「呵呵，我就知道是這樣，下次我還給你做這個吃。」

我還沒等她說完，就趕緊說：「還是我來吧，嚐嚐我的手藝，好久沒做這些了。」

棉花糖說：「到時候再說嘛。」

當然，下次做野菜捲什麼的都不知道是猴年馬月的事情了。棉花糖倒是不在意這個，在她看來，所謂美食無非是嚐個鮮而已，美食家也就是個好吃罷了。

火鍋控

棉花糖喜食火鍋，由來已久。我剛認識她的時候，是一起吃火鍋，好像是鴛鴦鍋，口味差異大的坐在一起，互不干擾，各人愛怎麼吃就怎麼吃。我那時喜歡清淡一點的火鍋，棉花糖卻不一樣，吃著吃著就爭吵了起來，蔬菜放在白味裏，能嚐出其鮮嫩程度。

棉花糖說：「得了吧，就你這口味，還說是吃火鍋？看看我的風格，這才是地道的火鍋，又麻又辣，吃到嘴裏，心裏就能生出一團火來。」

我嘿嘿一笑說：「都像你那樣，火鍋生意非做垮不可，口味太重。」

爭執了幾句，後來各自散開，想想這事就覺得莫名其妙。那過後不久，又在一次火鍋宴會上混在一起，喝酒也沒怎麼喝，反正覺得女孩子能這樣，真是惹不起躲得起，到底沒躲掉，棉花糖還是說個沒完，好像不跟著她學，吃出的火鍋就味同嚼蠟。

後來，我倆又見了好多次，越走越近，吃火鍋的次數也憑空增加了不少，一到飯點兒，如果焦慮吃什麼好，棉花糖準說吃火鍋唄。一周吃個三五次不再話下。吃得多了，我就有些懼怕，誰都知道，吃火鍋出來除了一身火鍋味，還讓味蕾麻木半天，吃什麼都嚐不到其本色了。棉花糖卻樂此不疲，害得我不停跟著去吃火鍋。

吃火鍋在我看來是很麻煩的事，棉花糖卻不以為然，即便是傳說火鍋店裏的老油摻雜著「口水油」、「地溝油」，令人想起來都覺得有點倒胃口。棉花糖說，得了吧，那麼多年吃火鍋都一路吃過來了，還不是沒見身體有什麼樣的變化，要知道，開火鍋店看上去很美，其實講誠信的還是很多的。我爭不過她，只好打住，誰知道在我家樓下開的那家老癮客火鍋店，不知道什麼時候關門了，棉花糖這才懷疑是不是火鍋底料有問題，「咦，在那裏吃了幾十上百次還是覺得味道多好的，怎麼會這樣？」

外面的火鍋店不是關門就改用一次性底料了。棉花糖還是不大敢出去吃，乾脆買了火鍋底料，自己在家做，憑著吃火鍋的多年的經驗，棉花糖做的味道還是真的不錯。不過，她還是覺得這樣不過癮，於是就自己做底料，幾經周折，做出來的底料雖然不像火鍋店的那般美味，到底也有一些特色。

棉花糖說：「你看，火鍋做出來就這樣簡單。」

我附和地笑笑，就說：「看來，以後可以在家經常吃火鍋了。」

「美吧，你。你有時間吃，我還沒時間做呢？」棉花糖雖然這樣說，但我知道，離了火鍋，還真不知道出去吃什麼才好。

小幸福

有首歌唱的是，朋友來了有好酒，這是對男人說的。美女來了，自然是內容更為豐富，不僅要有好酒，還要有好菜——吃好喝好，除了它們本身好之外，就是得有一定的飲食氛圍。這麼說來，招待美女吃喝，總是費腦筋的事。

歸根結底，美女大抵都是喜好美食的主兒。對吃擅長的不再少數，無他，美食除了能填飽肚子之外，還就是具有養顏美容的功能，但美食的經驗於我卻多是吃的份，好在周圍有不少朋友是美食家，比如說我的朋友心岱。

心岱是閒著沒事就喜歡琢磨吃的人，再閒一點就喜歡翻書，梁實秋、周作人、汪曾祺等等，一路讀下來，自然是收穫頗豐，她不像我們讀書只顧讀點味道，做菜是懶得動手，她肯鑽研，也就心得多多。

冬天時節，少不得吃羊肉湯，像我這樣的只好約幾個人找家館子吃完事。心岱卻是自己做。把羊肉切開，開水焯過，再燉，加橘皮，幸好前幾天晾了些橘皮在那兒，一下就派上用場了。花椒、乾辣椒、料酒、薑、蔥。燉上已五點過了，我估摸六點吃不了，燉到六點鐘，就高壓鍋煮，於是用高壓鍋壓了一些。高壓鍋十幾分鐘就壓熟了。調料不齊，沒有青椒和香菜，有芹菜，豆腐乳，辣豆瓣。我沒怎麼吃，想等哪天調料弄齊了吃。不過，看家人倒吃得挺香的，有時就是這樣，急切想吃某樣東西的時候可以忽略掉許多因素，這樣的小幸福卻是很難跟很多人分享的，到底是太細微了些。

這樣的食事也是開心舒暢的經驗。這就像男女的初次相遇，斷沒有等一切條件了齊備才開始的，而是從開頭就有了某些味道，等到事後回想起來，卻又暗合了某些人生的道理——不知誰讓我們相遇，傷痛處還含著淡淡的甜蜜。

看電影，最喜看吃飯的場所，環境好壞倒不是那麼的重要，男女的約會開初或許會選一家精緻的館子，等到熟稔了，吃倒是頂次要的事，而是這背後隱藏著些許個人情感的隱秘，男女邊吃飯，邊猜測對方的心情和臺詞，既是一種遊戲又是一種探險，看這樣的幸福場景都覺得令人開心不已。

吃飯卻能體驗出生活之美好，也是一種境界，到底幸福，不是長生不老，不是大魚大肉。幸福是每一個微小的生活願望達成。當你想吃的時候有得吃，想被愛的時候有人來愛你，足夠好。

面有難色

每次赴飯局，棉花糖都有些提心吊膽，不是她對當下的許多館子有偏見，而是覺得現在的飲食總給人不大靠譜的感覺。不僅如此，她還上升到理論的高度，哪怕去吃街頭的沙縣小吃，在她看來，還不是那麼的地道。

這也不能完全說是棉花糖心存抱怨，而是她本來就喜歡在家搗鼓、買菜、做菜，以此為樂沒事讀食譜，可食譜雖好，操作卻需要一個過程，好在，她肯鑽研，最近手藝見長，做出來的菜，在圈內也為人稱道。一到週末，棉花糖就組織飯局，這要是遇上我，就覺得這太麻煩了，因為太懶，總覺得做菜麻煩，洗碗也不是好玩的事。但棉花糖喜歡，我也不好直接去反對，畢竟現在是女權時代嘛。

不過，棉花糖做的菜似乎也不是想像中那麼好，「週末來吃飯，我新做的土豆燒排骨，還不錯。」諸如此類的說辭經常誘惑大家的胃，吃的次數多了，大概朋友不免有點抱怨吧（哎呀，不太好吃的東西，欠缺一點什麼呢），但朋友一時也不好那麼堅決的拒絕，就過來吃飯。老實說，土豆很好，排骨也不錯，但就是燒的過程欠缺了點火候。等吃完飯，大家發表意見，自然是稱讚一番。棉花糖喜滋滋地說：「下周再來。」大家互相看看，不禁有點面有難色了。

眼看著又要到週末了。哥們就發短信來說：「不好意思啊，我這周有事，來不了你家吃飯。」誰曾想，這周接二連三的有人發短信這樣說，看來是在「躲」飯局了。

我想告訴棉花糖：「你呀，別冒充美食家啦，再這樣，朋友都要疏遠了。」這話聽上去太傷人，我就說：「這週末我們出去郊遊吧，我都通知他們不用來咱們家蹭飯了。」

棉花糖聽罷一愣一愣的；「為啥？難道我做的菜不如館子的好吃嗎？」

我說：「可不能這樣說，是他們怕你太累，休假一下嘛。」

棉花糖才不再說啥。

說起來，這也不能全怪棉花糖太熱情，只是女人習慣拿男人的胃當廚藝的試驗場罷了。

在日常生活中，我們或許會經常遇到這樣的熱心多一些，但這熱心並不一定都是時刻需要的。有時候，我們面對這樣的狀況實在是不太好直接拒絕，那還是要寬容一點看吧，對人抱持一個「恕」字，欣賞別人的好處，記著別人的好處，忘掉別人的錯處，原諒別人的缺點，不去故意挑剔別人，這就可以獲得一種心安理得的快樂。其實，生活沒那麼多的道理可言，關鍵就是在這平淡的生活中是否能相處的和美一點。

紫菜湯

在廣東吃飯，勢必有一湯存在，先喝湯在吃飯似乎也成了一種習慣。但在普通的飯局上總是少不得一份湯，習慣的是蔬菜豆腐湯，或者乾脆是一份紫菜湯，一餐下來吃得是自然是滋潤心腸了。

紫菜湯做法簡單，易操作，從超市買回已包裝好的紫菜，水燒開，打個雞蛋，簡單放點佐料，雞精就不必添加了。紫菜湯加入海帶、蝦皮均可，風味差異變化大。因紫菜具有多種功效，所以有人建議，人人都該喝點紫菜湯，特別是體型肥胖者更是如此了。我在家做飯，習慣做一份湯出來，自然取湯水的滋潤，讓一天的疲憊得以舒展。

記得有位畫家出遊歐洲，在巴黎的三天，午餐、晚餐都在一家叫「海天」的華人中餐館吃飯，十人一桌，六菜一湯的標準，通常是炒大白菜加雞塊加西蘭花加魚香肉絲外加一盆紫菜雞蛋湯。這味道大概到了令人相厭的地步，或許是因為平時吃的都是這些食物，出門至少要享受不一樣的味道——如果天天面對紫菜湯，勢必會引起厭倦感吧。

兒子以前不大喜歡吃飯完了再來一碗湯，一杯飲料或開水，就可以了嘛。但他看著大人喝得津津有味，自然不肯落伍，一試之下，是從沒有體驗過的感覺，以後喝湯也就成了習慣。其實喝湯的過程也就是一個把生活放慢的過程。

卓別林在電影《大獨裁者》中有一段演講是這樣說的：「我們發展了速度，但是隔離了自己。機器應當創造財富，但反而帶來了窮困。我們有了知識，反而看破一切；我們學得聰明乖巧，反而變得冷酷無情。我們頭腦用得太多了，感情用得太少了——我們更需要的不是聰明乖巧，而是仁慈溫情。缺少了這些，人生就會變得兇暴，一切也都完了。」

與其說獨裁者是這樣，現實生活中男女關係更是如此的，仁慈溫情原本就是生活的底色，如果去除了這些，只想到金錢、權力的情感是不是經得起時間的考驗，也是未知數的。日常生活中的那一份紫菜湯，固然是可以變換下花樣，到底是讓我們的生活沿著一個和順的軌跡走下去，去除了波瀾，減少了壯闊，這樣的情感固然不是一段傳奇，卻也是彌足珍貴的了。

飲茶美學

偶爾跟朋友一起去喝茶，選來選去都不知道喝什麼好。大概習慣了花茶，如果換成鐵觀音——看多了網上關於鐵觀音的廣告，都想吐了，好友王來扶送的是安化出產的黑茶，喝起來美妙絕倫，大有普洱的滋味。但就是如此這般，喝茶，還是有點躊躇。這樣的場合經歷多了，自然會有點感慨，也就搞不明白哪種茶才是夠好。這時總有熱心人隨意點一款，至於是否中意，那就自己知曉了。

前段時間，跟嚴紹雲老師一起喝茶的場景時常縈繞心頭，雖初次相見，他都懂得禪語似的，猛然來一句，其他的茶是加法，讓身體加重，普洱才是減法，就好像坐禪入定一般，能讓人心裏寧靜，彷彿外界的紛紛擾擾都不存在了。這樣的感覺才是一種境界，那天下午，邊喝茶邊閒聊，茶色看著有些淡了，他把茶倒出來，丟進茶壺中，煮將起來，煮個幾分鐘，倒出的茶茶色氤氳、茶香依然彌漫。「茶是可以煮出來的」，時又讓我想起東坡居士的煎茶詩來：「仙山靈雨濕行雲，洗遍香肌粉未勻。明月來投玉川子，清風吹破武林春。要知玉雪心腸好，不是膏油首面新。戲作小詩君一笑，從來佳茗似佳人。」

說道茶道，當是日本的最有味道了，而茶藝是表演的藝術，至於有多少茶的美學，似乎談不上的多矣。不過，要拿這個來看男女之道，似也十分相宜，女人喜歡清淡的花茶、生態茶之類的居多，而男人大多不拘一格，什麼茶都可以嘗試一下，亂中找到一種複雜而又簡化的飲茶美學。而這就好像懂你的人，會用你所需要的方式去愛你。不懂你的人，會用他所需要的方式去愛你。於是，懂你的人，常是事半功倍，他愛得自如，你受得幸福。不懂你的人，常是事倍功半，他愛得吃力，你受得辛苦。兩個人的世界裏，懂比愛，更難做到。

如此這般的道理，不說也罷，到底不是秘密。而於飲茶一道，卻是包羅萬象中，而又至簡至化，無需太過於複雜，由此演化出來的生活大致才能提升到一種哲學的高度了。不過，這總歸是奢侈品，對更多的人來說，還是不求甚解，只需開水把茶拋開即可，哪兒需要那麼多的道理可以演繹，實在是我們俗氣的連喝茶都不知道怎麼喝法為好了，真是慚愧。

湯吞

前段時間，見有網友曬寶貝，是日本的飲茶用具「湯吞」，其實就是我們日常所說的茶杯罷了，只是做的美輪美奐，加上手工繪圖，要的是一個意境。據說，這樣的杯子都是成套的，一大一小，一「男」一「女」。網友說，幾年前去京都遊玩，在清水寺買了一套「清水燒」，純手工製作，十分漂亮，於是在滋賀又買了一套「信樂燒」……言下之意，這種境遇，實在是可遇而不可求的。

家裏也有幾套茶具，有的是喝綠茶或鐵觀音用的，紫砂的，或者其他式樣的，是傳統的系列，時常用下也沒有覺得有何不妥，及至喝普洱茶，懶得準備一套泡茶的茶具，總覺得是過於麻煩，乾脆來一個飄逸杯，泡茶倒是省事許多，但看上去就是缺乏一點美感。這麼說，喝茶原本是好玩、有趣的事，如果古板一點，那可能就失去了其應有的味道。因此，一見手工製作的湯呑，不免心癢起來。

且說在網上見到有一種染錦柿畫湯呑，其「釉下藍彩顯然較淡、較青、較豔，如下過雨的有霧清晨，一個人走在街巷中，滿臉都是細微的水霧，均勻敷上，那樣同時感受到的心定與激動，如此清晰，彷彿腦後都通透出一片青空，卻很明白這情此景，絕無法與人言傳，甚至自己日後也難以完整復憶。」

網友又說：「令人入迷之處是，不管你將杯子轉向任何方向，迎向你的那面構圖，都是如此完足、平衡、饒富意趣，或只有葉片，或單柿，或雙柿，沒有所謂的正面，也沒有所謂的配角，每一個切面都是獨當一面，自給自足，然而又呼應合宜，延綿流暢，所有每個完美的作品都當如是，每有一處細節被遺漏，也沒有一段章節不講究，然而合併起來，卻又不落痕跡。大概這正是湯呑的迷人之處吧。」

這樣看來，似乎好歹不擁有一套，勢必會覺得喝茶的趣味也大大地失去了。某日，逛街，欣然見一種廣東所出產的湯呑，一大一小，有古樸之意趣，保留了日式風格，融入中式繪畫，看上去，也竟有一種隱隱的美感。

話雖如此，所謂喝茶的境界，與其說是在追求美器，倒不如說是在遙想喝茶的那一份情景中的怡然，寧靜中得以回歸清新的邂逅了。

好吃客

同事雨虹在辦公室是最胖的，體重差不多一百五十磅，胖大，可能因為她愛吃，似乎每天忙來忙去都是為了一個「吃」字，這我能理解，女人嘛，不愛美食不愛鮮衣，似乎都差勁了些。但雨虹的愛美食的高度是常人無法企及的，但在對美食的追求上卻又很大眾。

有好幾次，大夥出去吃飯，ＡＡ制（編按：平分之意）。她心疼銀子，不捨得點貴一點的菜，偏好吃的那種，但看著其他人的菜，都忍不住問一句「味道怎麼樣」或「好吃不好吃」，大家都不好意思的說：「你嚐一下嘛。」這很折磨人，至少對雨虹來說，這事不那麼靠譜，但又樂此不疲。我猜，可能面對美食，她是一個矛盾體。

在公司的食堂吃飯，哪怕是不那麼好的食物，雨虹也能一下子吃完，每天她總是第一個到食堂，最後一個離開。午飯過後，幾個人在街道散步，她卻陪旁邊的一條狗玩，說是玩，其實是想減肥，她那身形，卻始終沒多大變化。回到辦公室，她就問大家：「你看，我是不是瘦了些？哪兒瘦了呢？」不過，減肥這事對女生來說，固然很重要，但是更無法抵擋的是美食的誘惑。

雨虹最近下定決心減肥去，每天的晚飯就都簡單了些，但夜宵卻是有的，生怕有一天虧待了美食，「吃吃喝喝，也是一種美好生活」。

以前也遇到這樣的女生，整天除了工作之外，都是做跟吃相關的事，似乎三句話離不開吃，每天都去不同的館子品嚐，吃來吃去，也是身體發胖，嫁出去嫁不出都不管不顧了，得享樂時且享樂，哪兒能想得更深遠一些？我還認識一位美女，以美食為道，吃了很多家館子，總覺得不大滿意，最後自己開館子了事。確切的說，美食當道，總是讓人想入非非，不僅如此惹得人心動才是關鍵。這樣倒似乎很男人似的，或許更深層次的問題是，在美食消費問題上，女生的意見更趨於一致一些。

這故事說明了，做一個幸福的人，有一個好胃口，不管是不是美食，都能享受它的過程。做這樣的好吃客，看似簡單，不繁華，卻有獨自的味道，也是十分難得了。

第6輯

家有小子

完美的世界

那天，眾人吃完火鍋，然後再來一下片橘子，剛好把麻辣味去除一下，也有了酒後的清爽感。剛滿九歲的兒子說，這可真是享受美麗的生活。女兒就在旁邊念叨，什麼美麗的生活呀，瞎扯，該是美好的生活吧。

我坐在旁邊哈哈大笑，眾人也覺得好玩，多大的孩子呢，就知道享受美麗的生活了。哥們在旁邊說，想當年：「我們這麼大的時候，怕還在被大人稱為小屁孩，調皮搗蛋不說，更是惹得大人生氣，現今的小孩子吃一頓火鍋就覺得美好了，真是不可想像，他們對生活的要求就是這樣的？」

其實，也不能怪我們小時候如此這般的惹是生非，是那時候的孩子沒有今天的成熟，可玩的東西多不說，花樣也不少：網路遊戲、手機閱讀……樣樣都比當年領先，自然思維方式也就有了很大的差異。我說：「你看他們現在處在的時代雖好，卻遠沒有我們的童年有更多的幸福感。那時，人人會爬樹，會下河捉魚，會玩各種值得懷念的遊戲，現在的孩子只能在iPad上想像一下，就覺得美好了，真是沒有道理。」

但不管怎麼說，我們都似乎無法走進那個叫完美的世界。兒子在旁邊說：「你們都覺得我們幸福，豈知我們的苦，上學背的書包比你們重，讀的書比你們多，連休息時間都比你們少，甚至在週末，還得預留時間寫一堆不知道有用沒用的作業。」女兒在旁邊說：「是啊是啊，除了這個，我們都不知道還會做啥了。」這可不是抱怨，要知道，每天看他如加班一般，夜裏十點還在桌子上奮戰，都覺得這時代變化真的是太快，以至於找不到對學習的所謂熱愛。

這讓我想起了莫泊桑的那句話：「生活永遠不像我們想像的那樣好，但也不會像我們想像的那樣糟。」我們有時候放縱自己的思想，是追尋一種自由，但更多的時候，人不過是在追求物質上的成功罷了。與其這樣，倒不如開心一點，坦然面對現實，好歹都沒有什麼要緊，開心就好，相對而言，那也就是一個完美的世界了。

愛的教育

放學回家的兒子總是忍不住先玩上一陣子，不是看電視，就是玩遊戲，似乎放學回來就可以暫時輕鬆一下，可誰知道老師沒體諒這一點，還是安排一些作業。可好，等到玩得差不多了，就到了晚飯時間，吃完飯就得趕緊寫作業，連玩的時間都沒有，一不小心都十點十一點了，才有點疲憊地上床睡覺。

原本可以不需要那麼辛苦的，如果好好地安排時間的話。我就對兒子說：「你得重新分配你的時間，列個流程出來，該幹嘛幹嘛去，哪兒需要這樣的忙乎。」兒子說：「忙中有閒，閒中有忙才有樂趣。」這話也對，也不對，關鍵是忙跟閒，到底該如何區分，兒子搞不明白。

得空我查了下他的作業，很多知識說實在的我都答不上來，不是那些問題有多高深，而是應該是常識的事，可教材裏寫著不僅要知其一，還要觸類旁通，這一下難倒了。好在可以在網上查找相關資料。兒子的學習基本上是這樣完成的。問題如此就解決了，關鍵是這都是表面現象，更深層次的問題是，如果沒有網路資訊的發達，哪兒能這麼快速地知道答案。

或許這本身就是一個悖論，我們期待孩子能快速地學習到他所需要的知識，通過各種手段，豈知這可能就壞事了，對他來說，這些知識能輕易地找到，或許不那麼用心地記住了。

這使我忽然想到，夏丏尊先生在翻譯《愛的教育》時說過這樣一段話：「教育之沒有情感，沒有愛，如同池塘沒有水一樣。沒有水，就不成其池塘，沒有愛就沒有教育。」但今天的教育無疑從來沒有遭遇過那麼多的難題，有時候，我們以為是在幫孩子解決這樣那樣的問題，卻忽略掉了他的動手能力。

兒子再求教各種問題時，就讓他自己動手找答案去，這樣做的好處至少是對得到知識的重視，要不，還準以為只要有問題了，大人一定能解決，自然不必擔心結果會怎麼樣。開初他很不高興，我說：「你的學習是自己的事，大人無法幫忙了。」或許他想通了這其中的道理，就自己找去，而這個過程，正是不斷學習的過程了吧。

看各種教育的教程，似乎都很容易找到解決教育的方法，豈知現在的小孩子跟我們小時候貪婪一樣，總希望有現成的答案等著他，自然不必勞神費力地去求解了，這遺留下來的與其說是困難，倒不如說是這會使他嘗試各種求解的可能，並最終找到理想的答案，這才是最為重要的。

常識早擁有

現在的小孩子總是比我們當年要成熟一些，什麼事，總是很快就搞懂了。閒著無事，跟朋友在一起喝茶閒聊，總有人這麼感慨。有位朋友因為一件事，成為了眾人眼中的「壞人」，但他的孩子說：「縱然是世界拋棄了你，你依然是我的好爸爸。」這樣的寬容，讓人驚訝，又讓人溫暖中有敬意。

「我兒子總是習慣在網上搗鼓，玩遊戲自不必說，連作業的答案有時來自於度娘，思考力都有所下降了，不過，因為網路倒是學了很多亂七八糟的知識，歷史的事兒，比我懂得還要多，我都覺得有幾分落伍了。」另一位朋友說道。

待大家說了個差不多，我說道：「我家小孩子沒有這等想法，有時做出來的事還滿讓人驚異，他們比我們那一代從容的多了，遇到什麼事總是想得很開，即便是拿學習成績來說，下降了也不是很可怕的事兒，眾所周知現在的教育有時是多麼的不靠譜。」

日本喜劇泰斗島田洋七有次考試考砸了，他對外婆說：「對不起，都是一分或兩分。」她笑著說：「不要緊，不要緊，一分兩分的，加起來，就有五分啦！」他問：「不同科目的成績也能加在一起嗎？」這回，她表情認真，果斷的說：「人生就是總和力！」這事有時還被小孩子拿來說教一番，一副很正常的樣子。

這也不能完全怪孩子早熟了，而是現在資訊那麼發達，都得不停地往前趕。作為父母的，生怕一不小心落後於起跑線上。我說，倒不必讓孩子一窩蜂地去報各種學習班，有時候看上去是十分美好的事，說不準就辦了壞事，自己也不知道。當然，這話只能說說算完，遇到小孩子學習的事，還是不肯落伍的。

說實在的，當年我們學歷史啥的，一冊教材就當了寶貝似的，總覺得那裏說的都是真理，現在回頭看，謬誤不少。現在的孩子學這個，找一個關鍵字，一下子都抓出來了，這就厲害了，各家學說都可以參考，至於對和錯，自己判斷去。我說這事，大家也忍不住抱怨一回，像我等老男人，想當年，真的是忍不住歎息。

這常識總是來得早了一點，十幾歲的孩子把世事看得都明白了，你甭想再拿老經驗來唬他，在他那裏，到底是怎麼一回事是門兒清。而這也算是時代進步的一種了。

小時候

九歲的兒子閒著無事，跟我鬧騰著玩，這樣的情況很少發生，也許是我平時太嚴肅了點，以至於他在我面前時常是拘謹的。不知怎麼就扯到兒子小時候上來了。那時的兒子絕對算不上乖小孩，沒事兒就喜歡折騰。於是，他讓我講講他小時候的故事。

在老婆棉花糖的眼裏，兒子學走路也頗為傳奇，有天在外面玩，自己站起來，突然就會搖擺著走路了。我說這事還忍不住想笑：「你會走路的時候還很小，個子也很矮，連床都爬不上來，以至於每次上床睡覺要站在幾米之外，猛跑一下，才能趴到床沿，然後把一條腿搭到床沿上才能爬上床。」我這樣說時，眼前就浮現出了他那時的模樣，時常惹得大人哈哈大笑。

讀幼稚園的時候，他也不怎麼喜歡讀書，成天都是想著玩，上課也不注意聽課，老師讓他站著他躺著，似乎這樣才最為自在。某天下午，上課的時候居然睡著了，老師也沒留意，就鎖了門逕自回家了，等他醒來已經天黑了，那個哭啊真的是少見。有了這次經驗，那以後上課睡覺的時候少了。

在幼稚園時，因為老師是鄰居，見他回家的路上很是貪玩，就嚇唬他要把他鎖在學校裏。這回可把他給嚇住了，每次放學的路上見了老師，就飛奔回家，也許那次鎖在學校裏給他留下了深刻的印象。

有次回到鄉下，他見了河水，非要下去逮魚不可，熱情高漲，但憑他的經驗哪兒逮得著魚，連龍蝦都見不到一隻吧。哭鬧一回，也就完事，這樣的事也會時常遇到的。我說：「有一年過年的時候，你出去玩兒，到吃飯的點了，也不見你回家，可把大人嚇壞了，還以為被拐賣了。我都報警了。我們不能等員警啊，就繼續尋找，找了半天，才把你找到，你在一家牛奶店前坐著呢。有了這經驗，下次再找不見你也不怕丟了，你準在哪一家雜貨鋪等著買吃的哦。」

兒子聽完呵呵一笑：「難道我就是這樣的小孩？」

「可不是，你可不知道，你小時候多惹人討厭啦。我都懶得跟你說話，不是玩兒，都是要吃的，而且東西差一點你還不吃呢。」

兒子說：「那我沒有什麼好印象？」

也許有吧，可是我愣記不清兒子什麼時候聽話過。也許在爸媽的眼裏，孩子不管怎麼樣鬧氣，甚至不可理喻，都是可以理解的，也是孩子可愛的一面了。

生活的小切面

假期來臨，讀小學的兒子不必每天七點鐘起床，緊張地早餐，再跑去上學，而是每天睡到自然醒，這樣的一種狀況也是一種幸福。不過，他倒是難以這樣享受，寒假作業雖然不是很多，也在每天做那麼一點，有時間盡情在外面玩去了。

說起來，自從離了老家，搬到城市裏，平時出去玩的時間也不是很多，不像在鄉村，有廣闊的天地可以玩耍，春天看草色青青，夏日捉魚，黏知了，秋天可以在田野上奔跑，或像山人樂隊所唱的那般捉螞蚱、冬天打雪仗、玩爆竹……如此這般的生活，說不上有多少味道，卻有一種天然之趣味。在城市裏所面對的，則是另外一個天地了。所以，當說起春節去哪兒過，毫不猶豫地說，不回老家，去哪兒玩？心底實在是惦記過年的那一種氛圍，或者說令人回味的情懷吧。

待在家裏，實在是無事可做，他就發呆，就看電視，後來，都覺得這實在是一種空虛：「無聊啊。」想起人一輩子就這麼過下去，是不是也有點乏味。兒子喜歡玩耍，熱鬧，每天總要吵鬧一回，似乎才解氣，那是青春年少的稚氣，卻也透著對生活日常的一種觀察和思維。

那一天，我陪他去逛街，在街上閒走，在超市裏購物，走不少的路，看不少的風景——在他車來人往也沒什麼勁。因他要完成一篇寫買年貨的作文，想來，這般的狀況，也算不上多精彩，既沒有討價還價的樂趣，也不能跟服務員多多交流，僅僅是購買貨物而已，那服務員哪兒有那麼多的閒情逸致對每一個顧客都照顧得很到位？連臉上的笑容都有些疲憊了，但對她們來說，生活還得繼續下去。

兒子當然體會不了這樣的一種人生況味，直覺得這不夠好玩。回家的一路上不免說起在老家過年的情形，那是另外的一種狀況，逛街斷然沒有商場的感覺。他說，這樣的過年，很沒勁。回來寫的作文也就是一個流水賬，似乎可記述的並不是那麼多——或許在經濟學家看來，就是數字的疊加，僅此而已。

很多時候，我們就是這樣有點迷茫、有點困惑地過下去，看著兒子有點發呆的神情，不免感慨，原來我們一輩子就在做許多無聊的事，並且把它當做很有意義的事來看，似乎非同一般，但只是我們打量的角度不同罷了，它在那兒，始終不曾因為我們的不同視覺改變自己的樣子的。

逛動物園

對中年男來說，去逛動物園，似乎總有點不倫不類的，所以，也就多年沒去逛過了。那天，出門去玩，也只是坐公交車，一路看風景罷了。剛巧路過動物園旁邊，我就告訴兒子說：「你看，順著這條路走，走不多遠，就能去動物園了。」

沒曾想，兒子笑說：「動物園有什麼好玩的，還沒家裏好玩。」我有點不解地看著他，家裏？也就幾個人吧，如何比得上動物園裏的動物多樣，再說人與動物雖然屬於同一種類，但其間的差異還是很大的。

他看我有點摸不著頭腦，就繼續說：「你去動物園，看來看去，你只能是一個旁觀者，不能跟牠們更多的交流，在牠們的眼裏，不管來的是誰，都是參觀者吧。在家裏就不一樣了，我們每個人不僅是旁觀者，而且也能互動、交流。」

我當然知道他所表達的意思，卻還是故意地逗他：「要是照你這麼說，大家都不必去動物園了，在家就可以看見不同的風景了。」

「各有各的看法。動物們看人是不是會有點另外的味道呢？反正在牠們的世界裏，人類跟牠們的關係總是有點複雜的吧，人老是讓牠們像人一樣，馴服，聽話，哪兒會顧得上牠們的思想？」兒子接著說，似乎很不在乎這些似的。

這讓我想起，去逛動物園，我們哪兒是看牠們的本性，而是看牠如何模仿人類，有那麼一點自私（爭搶食物或貪戀享受），有一點情趣，似乎這樣一來，演繹出的故事才好看，好玩。每每去逛動物園，總有如此這般的奇怪想法。話雖如此，我還記得，幾年前陪著兒子去逛動物園，大呼小叫，好像猩猩、斑馬什麼的都是那麼有興趣，跑來跑去的看，那次看到很晚才回來，這場景只留存在記憶中了。

逛動物園看似好玩，實則是包含了更多的涵義吧，就像有個笑話說的是：「姥姥從農村來我家住。一天，爸爸在看電視裏的拳擊比賽，姥姥認真地跟著看了半天，說了一句話：『他倆真打啊？那旁邊站著那個幹啥的？咋不拉著點呢？』」作為旁觀者，我們以為很容易就看清楚了許多事情或道理，又或者從中可以映照我們的日常生活，但豈知我們不是全知全能者，所看到的只是一面罷了。

萬物有靈

城市裏的夜晚，不是那麼安靜，車聲，人聲，總是此起彼伏，即便是如此喧鬧的環境裏，兒子睡覺，依然蓋被蒙頭，好像一到夜晚來臨，都會有一種莫名的恐怖，那是對黑夜的，也是對未知的吧。

有天，睡覺之前，我跟他來一場對話。我直接問他說：「為什麼那麼害怕？」

「不為什麼。」

「習慣了？」

他沒有抬眼，很顯然，沒把這當一回事的。

「什麼時候習慣的？」我依然不捨地問下去。

「我小的時候。」

我嘿嘿一笑，「你才多大的小屁孩呢？還小時候？三歲？兩歲？」

他不言語了。

「是不是在老家的時候就這樣了？」我繼續問他。

他沒說話。

我說：「小的時候我也是如此的害怕，那時候的夜晚真黑，黑燈瞎火的不說，就是有月亮的夜晚，也很容易讓人胡思亂想起來，什麼妖怪呀鬼呀的，但那都是自己嚇唬自己的。你不是看過動畫嗎？這世界上本來是和平的世界，不同的種族互不侵犯，各自過著自己的生活……扯遠了，其實就是這晚上睡覺沒有什麼可怕的。」

「我知道這個。」他說，「這讓我很開心。」

不過，他又說了一句：「可是，這並不等於我們的夜晚就不可怕呀。」

「是的。這就好像我們面對一個社會系統，複雜的人際關係，不同的利益群體存在著爭執，但正因為這樣，我們的心中才要保持那一份美好。要不，夜晚肯定就是恐怖的了。」我這樣說。兒子似乎不是很懂得，或許在他的眼裏，我這樣說才是扯淡。

「那我說一個簡單的例子吧，你到郊外看看，那些草木，沒有人管理，它們為何能自由地生長、生活，雖然面臨的問題是各種各樣的，但它們互相之間還是保持了一份尊重，這也是一種生存的權利。我說，拿黑夜來說吧，很顯然它有自己的魅力，只是在你的想像裏，它是不美好的，所以才心生恐懼。」

「是那麼回事吧。這得讓我好好想一想。」兒子說。

望著他有點認真的神情，我不知道這對他的內心觸動有多大。但我想，如果我們明白萬物有靈，各自有不同的生活方式，多一份尊重，也許我們收穫的不僅僅是自然，更多的是內心的一份安寧，會少一點對恐懼的抗拒吧。讓生活還原本來的面目，說著簡單，實則是做著很難，好在能邁出第一步，那距離還會遠嗎？

紅包

貪玩的兒子總是吵鬧、蹦跳，寒假的假期對他來說，基本上就是在玩中度過的。在城裏，玩的花樣不多，出門懶得走路，坐車也覺得是罪過似的，這麼著，就整天待在家裏，玩來玩去，好歹有女兒作伴，至少讓大人少操心一點，是不是會孤獨到心煩。

自從放假以來，這樣的玩樂精神也發揮到了極致，玩了半天，作業也不寫，更不要說補習一下課外知識，倒是有幾本民國兒童的讀物讓他看，看了半天，就沒興趣了，與讀物沒了共同語言。儘管在我看來，那些讀物，不管是作文，還是課本，呈現出的美學，堪稱是民國範兒。但兒子說，不好玩。他所說的好玩，就是玩網路遊戲。

雖然我不主張小孩子沒事就泡在網上、玩遊戲，但也鑒於如果不知道幾款網路遊戲，且不說玩的水平高低，是不是跟同齡的孩子沒共同語言，也就成為一種擔心。作為父母的，雖然不大想讓他成為多麼厲害的人物，倒是不能脫離這個社會，才是現實考量了。話雖如此，但這也只是理論上罷了。

有天，兩人玩遊戲，玩得很起勁，不大一會卻打了起來，互相不服氣，較勁，吵鬧一片，鄰居過來說是太吵鬧了。這讓老婆看了，自然生氣不已，拿起掃把就去半真半假地去打兒子，結果一不小心，就打了個紅包出來——看上去有點另類。

春節期間，兒子頭頂紅包，出門轉轉。想來，他也是氣惱的吧。不過，當旁人問他這是怎麼回事？他一臉嬉笑：「這是我媽過年發的紅包。」聽得眾人哈哈大笑，似乎覺得這多少有點幽默感。

不過，這以後兒子有了些許的改變，儘管還是每天玩鬧一番，卻不再那麼放肆，偶爾也是以撒嬌的方式出現，也許是念想著這個紅包的結果吧，又或者是他終於學會了點道理，就像麥家所說的那樣：正如這世上往往最壞的預想才是真實的，我們不願面對的人和事往往就是必須面對的。對此，我們也許不必有容人之量，但務必要有克己之心，接受事實、做好本分、不求回報。久而久之，便再不會有不願面對這樣的問題發生。

耕種者

開學之後，兒子依然照玩不誤，學習的事等玩盡興了再進行，似乎也是不晚的事。所以一有時間，還是喜歡上網玩玩小遊戲之類的。雖然平時也沒怎麼干涉，但看著他這樣，還是覺得有些不大妥當，至少是應該寫完作業這些「分內事」，也不遲的嘛。

話說某天跟著一幫同學去遊戲廳玩，玩的似乎很開心，回來就說那真是太好玩了，過五關斬六將，還是在同學中間玩的最好。我說，那有啥好玩的，無法是小兒科的遊戲，費精力費錢費時間，無論如何，對一個正常的學生來說，都是不務正業。但兒子不理這一套，似乎我說的這個就是歪理邪說了。

遇上這事，絕不是打罵一下就能解決的問題。小孩子喜歡玩，是天性，如果要是變成個小大人，倒真讓人擔心呢。我想不出更好的解決方案，或者說，在對待小孩子的教育問題上，都是走一步看一步，總是沒有現成的答案可以借鑒的，所以孔老夫子才說要因材施教，這話簡單，操作起來卻很難。畢竟現在的孩子接觸的事物跟以前相比，早已是大大的不同，如何適應新形勢才是最為關鍵。

正在我絞盡腦汁，想不出更好的招兒的時候，他卻來了個給爸爸媽媽寫一封信，看完我就有些哭笑不得了。他說：「每天上學放學，除了作業還是作業，課外書看的不多（不喜歡讀吧），電視也少看了，更不要說出去玩了，請給我多一些自由吧。」我搞不明白他的自由的含義。

接著就來一場對話。我說：「你要的自由是啥？」

兒子說：「總不能管得那麼嚴啊，你看，我跟以前變化很大了。」

我說：「就這呀。我還沒讓你去各種學習班呢，總不能讓你輸在起跑線上吧。等將來，你就會知道這些了。」

兒子不以為然，似乎對他來說，這都是很遙遠的事。

其實，對於兒子的將來，也真沒有個好好的規劃，在學習上的「自由主義」或許會讓他失去學習一些東西，但這或許也能保存了他一份自在的天性。如果一個小孩子連這個也失掉了，那麼在後來即便是各個方面做得很好，大概也不是他想要的生活吧。

有道是，所謂的耕種者，就是在自己的土地上，讓其產值最大化，至於世界之大，實在是一個人力無法決定和解決的事情。既然如此，與其去羨慕世界的寬廣，先把自己的小天地耕耘好再說。

幸福學

春天的美好，總是引人遐想。對一個小學生來說，春天是貼近的，而幸福似乎是很遙遠的定義。所以兒子很少討論什麼是幸福的話題，只是有一次，我還是禁不住跟他討論起來。我說：「你知道嗎？現在的每天都在消費，即使你坐在家裏，什麼也不做？」

「這太誇張了些吧。我不寫作業，就不用筆墨和紙，不玩遊戲，就不會造成資源的浪費。如果不吃飯，那就消耗的更少了。」他嘿嘿一笑，如此說道。

「這都是表面的東西，如果你不做這些，你當然不會進步了。還會引來一連串的不良反應。這就是我們做事時要做的態度，該去找最根本問題解決，總之，很多問題是可以這樣處理的。」我嚴肅地說。其實我想說的是，生活哪兒有那麼輕鬆的事。這就好像我們給幸福下不同的定義，但這都是基於個人經驗的考量罷了。

兒子自然不同意這樣的話語。他沉默著，想了一下，才說道：「你說的太嚴重了。」

在他的小世界裏，所謂幸福學可是很具體的東西。比如早上晚點起床，盡情的玩遊戲，作業簡單一點，諸如此類的事在他看來都是很幸福的事。

「如果你多一點理解幸福，或許你就會明白在不同的階段，有著不一樣的幸福觀，由此形成的幸福學也就是一個完整的體系。我們可以做一個實驗，你把今天的願望寫下來，過了幾年再去看，你就能理解幸福的含義了。」

不過，兒子想的可沒有那麼多。或許更多的是想著學生生活，至於職場、生活，在他看來，並不是那麼要緊的事，畢竟是「車到山前必有路」。而這也跟他缺少失望和挫折有關吧。在他的成長路上，至少到現在，過得還算得上不錯的。

最後，這討論當然沒有一個很好的結論。而我知道，在幸福學上，我們並不誰高明得有多少，只是我們面對未來的時候，更多的憑著經驗去感知，給予幸福一個定義，但真正的幸福豈不是快樂，不管遭遇多大的挫折，也能以笑面對，從而讓生活過得有意義一點嗎？

誤會

做完作業或還沒做作業的兒子，總是習慣性把玩放在首要位置。似乎玩的盡興了，才能好好學習。勸他也不理，為這事，還是蠻傷心，眼看著再過一年，就小升初了，如此這般，真擔心會成績不好，到一般的中學上學去。

業餘時間，按照城裏人的規劃，是要報各種學習班的，奧數呀英語呀，諸如此類的，一個似乎也不能少。我卻覺得完全沒必要這樣搞，要知道，小孩子學習的天性在於自我鍛鍊，否則，可真成了揠苗助長。

每週一次的全家運動，其實是野外玩耍，東走走，西看看。兒子一到這時候就瘋跑，好像那裏才是他施展的廣闊天地，反而是在家裏，拘謹了他的生活似的。女兒也是的。這樣的生活，還真不好說是好還是壞。

話雖如此，還是覺得有必要在小升初之前還是要認真對待學習。前幾天的同學會，說起各自的孩子，全是學習很優秀的孩子，好像在不遠的未來是前途光明一片。

我說：「我家孩子可沒那麼用功，除了學習，還有玩耍，看動漫……可是沒有報啥學習班。」

大家很詫異：「你就不怕他們輸在起跑線上？」

我說了我的看法，大家還是懷疑地搖頭。

這是不是在教育上有問題，我當然知道，他們喜歡學英語，但未必非要去報學習班吧，在家，還是一樣能掌握方法和技巧的，只是這樣學起來費勁一切。不過，「紙上得來終覺淺」，還是自己動手學了，才會有所收穫。

某天，放學歸來，兒子作業還沒做完，就在玩了。

我說：「你再這樣貪玩，真的沒辦法考上好的中學啦。」

兒子卻說：「不怕，總有辦法。」

他胸有成竹的樣子多少讓我有點開心。但仔細一想，似乎也不完全有道理。我就勸他寫作業去。

不曾想，兒子說：「你覺得我是在玩嗎？表面上看，是這樣，可我也是在鍛鍊嘛。

老師說了，動手能力，是在課外培養的。」我有點半信半疑，要知道，玩也是一種鍛鍊的話，我們把生活都可以稱為鍛鍊啦。

兒子看我不相信，就繼續說：「肯定是你誤會了。你問問，我在班裏的動手能力可是最強的，你不想兒子那麼笨拙的話，就不要瞎操心了。」

原來如此。後來我打聽了一下，還真像兒子說的那樣。也許，我們在日常生活中，多一些理解和信任，這樣的小誤會就會少一些了。

街上每天有奇怪的事發生

雖然進城大半年了，兒子還是覺得城市有點不那麼好玩，在他看來，人來人往，出去遊玩，沒多大的意思，不僅如此，還總是覺得有許多奇怪的事情發生，有時是新奇，更多的是尋找不到答案。沒事就老問東問西的。

在老家的鄉下，廣闊天地，可以盡情瘋玩，但到了城裏，就不能那麼盡興了，似乎到處都是奇怪的地方，因此出門的次數明顯的減少，這可能是對城市的畏懼，交通的安全，街頭的攤販，諸如此類的以前何嘗遇到，即便是有，也不會顯得那麼誇張吧。所以，說去公園遊玩，一個人是不去的。我都擔心這樣會讓他變得孤獨起來。

某天，我們出門閒逛。在一片廢棄的工地上，高高的臺地上，有枯萎的野草，以及張揚的不知名花兒，在那裏，他好像找到了自己的天地，盡情地奔跑，吶喊。在成人看來，這樣的場景，算不得漂亮，更不要說有多好玩了。

這事以後，我注意到他情感的變化。有天，我跟他閒聊。

他說：「你不是讓我們尊老愛幼嗎？可看見街上討錢的人，沒有人給他錢？」

我說：「那是因為討錢的人是以這個為生的。」

他又問：「早上，在公交車上，有老人上車，卻不見有人讓座呢。」

我說：「因為年輕人是上班族，趕早去單位，不敢遲到，也是可以理解的。」至於這其中的緣故，想必是小學生一時也難以搞明白的了。這就像我們的人生需要在不同的場域中歷練，如此才能分辨出世界的真相來。

兒子又問其他的問題，我給予答案，但我知道，這些話當然無法解決兒子的疑惑。我也知道，有時候，我們在理論上對許多事情都知道是怎麼回事，如何處理，但一到現實當中，可能我們就亂了分寸，這不是我們的錯，而是缺乏經驗的表現。

也許正因如此，兒子才發現，自己所理解的世界和現實生活有許多的差異，這種緊張關係讓他覺得世界變得很奇怪。我最後對他說，不要焦慮，我年輕的時候還不是這樣，總希望快點理解這個世界，但總是理解不了。而這，最好去交給時間去理解。之所以你會看到很多奇怪的事情發生，是因為你看問題跟別人不一樣。

兒子似懂非懂。而這樣的疑慮是伴隨著我們的人生，逐漸成長，不斷修正自己的理念。而那奇怪的事也可能就是日常生活一部分，不再那麼奇怪了。

模擬生活

兒子平時讀書上學，似乎操心的事情很少，就連每個月的生活費也很少過問，都是女兒過問，即便是做作業，有不懂的地方也懶得向大人請教。看似很獨立自主的生活，其實這是被遮蔽的表象。這樣下來，可真有些擔心他以後的成長會誤入歧途——總該遇到那麼多的挫折才成。

週末，讓兒子做主，做飯、打掃房間，甚至連出門買菜都得自己決定。但這對他來說，難度頗大，做飯也只是把米煮上，菜是不會炒的，好在學會一個拌三絲，把粉絲、乾海帶、豆腐皮，加胡蘿蔔、蔥，拌在一起就成。打掃房間也差不多是葫蘆畫瓢似的做法，至於不同的污跡該如何清除，一點都沒轍。

到菜市場去買菜看似簡單，在他看來也是一大問題，一時不知吃什麼才好，至於飲食搭配什麼的，更是不懂得了。在菜市場磨蹭了半天，也只買回兩三樣菜蔬。像這等事，原本是在日常生活中不斷地去練習，如此才能知曉何為生活。但在家人看來，這事總不是那麼靠譜，讀書的孩子，學那些有什麼用，能當飯吃嗎？

「如果多動手，可能消除他對生活的陌生感。」我說。

「切，你的這些理論不靠譜吧？」家人對此不屑一顧，好像在看一個笑話。

「你不讓他做，等他長大了再做，可能更加陌生了。與生活貼近，如果讀書差了點，也能知道日常生活該怎麼過，不至於把生活過得那麼誇張。」我這麼說，可得來的是一片反對聲：「你怎麼就知道他的未來是這樣的呢？」

雖然這只是一種假設，但現實生活中，我們總得學會最壞的打算。我這樣給以解釋，如此即便是是最壞的未來，也不會焦慮和慌張。兒子當然在乎的不是這個，而是做這些事時，是不是真的像自己想像的那麼好玩。在他看來，好玩就是生活的全部了。

接下來幾個週末，我還打算讓兒子這樣，不斷增加新的項目進來，模擬生活的真實。其實，很多時候，我們的教育都可以通過模擬獲得相應的經驗，只是在做這些的時候，我們會「從中得到什麼」來考慮它的價值，而忽略掉了模擬本身的價值。這樣一來，類比就成了虛擬，雖然是詞語的轉換，卻成了本末倒置。

遊戲

放學回家的兒子，剛把書包放下，就找我玩上一陣子，有時逗得哈哈大笑，有時一不小心又玩哭了。

棉花糖就說：「哎呀，都快奔四的人啦，還沒老沒少的，不嫌吵嗎？」或者說：「真拿你們沒辦法，你們還不覺得家裏吵鬧的太厲害，連鄰居都不滿意了。」

我呵呵一笑，讓她說去，哪有什麼呢，一家人在一起不就是在於開開心心玩樂，過得舒心嘛。至於鄰居，只要不打擾的話，也是可以理解的。

跟兒子玩遊戲：跳房子、鬥雞、拍紙片、玩彈珠……開心，好像又回到了從前，那年少的歲月，無憂無慮，因為在老家的小孩子多，玩的花樣就多，熱鬧非凡。我想，再也回不到過去了。跟兒子雖然也是玩遊戲，總覺得有點「隔」——我們那時玩的遊戲多土，開心就好，可在兒子看來，一定得加上動漫裏的人物，或語言才夠酷，才夠好玩。這一玩就是一兩個小時，什麼補習班、專業課、奧數，統統見鬼去吧。

有時，女兒看我們玩的太開心，也忍不住加進來。於是，家裏就鬧作一團。偶爾，還會因為角色分配不均還會吵起架來。兒子因為年齡小，總覺得大家應該讓著他。我反而告訴他說：「你應當盡力去爭取，不是讓大家讓給你機會，你做的好了，機會就有的。」我甚至想告訴他，社會上可不是那麼「客氣」的，而是需要你去不斷地爭取，才會獲得機會。但我想了想，還是算了，幹嘛把遊戲搞得那麼複雜。

某一天，棉花糖看我們吵鬧的太厲害，就又過來阻止我們：「你們真是沒事做嗎？淨想著玩耍。我看，你們的作業什麼時候才能完成。」

我一反常態地來了一句，「沒啥大不了的，心情好了，做作業才會快一些。」逗得大家哈哈大笑。

大家就自顧自地玩，棉花糖該忙啥就忙啥去了：「看來，還是你們有理啦。」

「你小時候還不是很貪玩的嗎？」我對棉花糖說，「現在趁還能跟他們玩在一起，不如一起瘋玩，等他們讀中學了，你想跟他們玩，也玩不一塊去了。」

棉花糖沉默不語，顯然她也認同這個說法。確實，等到他們長大，還能像今天這樣玩遊戲，還能這麼開心嗎？羅大佑的歌聲或許更能讓我們感念不已：「池塘邊的榕樹下，知了在聲聲地叫著夏天……等待著下課，等待著放學，等待著遊戲的童年。」

這樣的場景，或許是兒子夢寐以求的生活吧。或許，我們在教育上，與其用各種理由去影響孩子，不如在這娛樂中讓他學得更多一點，這豈不更好嗎？

探險家

週末時間，現在基本上都是出門行走，也不是走的特別遠的那種，在小區的旁邊，有一個建築垃圾堆成的「小山」，已經有好幾年了，沒有清理，雜草叢生，還不時有樹木長出來，也有人把那垃圾平整一下，種菜，遠遠地看過去，也是一處風景。

兒子喜歡去爬這座小「山」，沒事總去溜達一下，也不時有新發現。某天發現一棵樹上有了一個鳥窩，應該是剛移居這裏的鳥兒的家吧。另一天又發現有一條小河，原來小河一直存在著，只是臨近街道時，被加了個蓋子，成了一條暗河。這樣的發現讓兒子驚喜不已，好像那裏藏著無所的秘密，需要不斷地去發現。

「那邊太好玩了。」兒子每次回家都是如此說道。說好玩，我猜更多的是在那裏能爬高爬低，真有點山的感覺。有一天，兒子把把建築垃圾也帶了一些回來，要在自家的陽臺上種菜——前段時間去逛花木市場，他買了一袋草莓的種子，也許是想著有一天能吃上自己栽種的草莓，那也是一種開心吧。

兒子有時會在「山」上撿拾一些東西回來，比如廢棄的鋼筋，在他看來能換幾個零花錢。在那裏玩的久了，地形已相當熟悉，兒子還不時地去，好像是一種慣性，似乎期待更多的驚喜被挖掘出來。

又到了週末，我問他去哪兒玩？

「去爬山吧。」他說。

「那兒有什麼好玩的？」我都覺得有點不太習慣去那兒了。

「你不知道，那裏可不像家裏，好玩的東西多的是。有一些小動物呀，還有小鳥，多好玩兒。」他說。

實在是在城市裏，找到玩樂的興趣越來越少了，只好跟他一起去探險。在他做這些事時，我很少去干涉。趁著他有興趣去探索新世界的時候，不妨放手一下，讓他自己去選擇，至於結果不是那麼美好，也沒多大的關係吧。這讓我想起了查理斯・西密克的詩句：他們在日誌中寫著：

天空和大地
同樣是難以穿透的色彩。
即使有河流湖泊，
也一定在地下。
我們搜尋的大理石，渺無蹤痕。
我們搜尋的陌生的新星，沒有一絲跡象。
甚至沒有風，沒有塵埃，
所以我們必須斷定最近
某人騎著掃帚經過了這裏……

即便如此，兒子也像探險家一樣，去尋找他想找到的樂趣。而我卻早已不是這樣的了。想到這一層，真是有點慚愧，什麼時候我缺失了探險精神的呢？

作文課

平時，兒子的作文很差，錯別字少不了，廢話也不在少數，不知這是因他的粗心大意，還是別的原因，幾乎可以用慘不忍睹來形容了。想必在作文課上受到的訓練非常少，即便是寫出來的作文，老師也只是草草過目一下，似不太可能去訂正那些錯誤。

想著兒子都讀四年級了，作文課還一直這樣，也不是辦法。於是就制定一個訓練計畫，每天吃過晚飯，都得寫一個三百字的短文。起初還以為像記日記一樣，就可以了。第一天憋了半天，一個字也沒寫出來。他給出的理由是，不知道寫什麼才好。

這以後，乾脆給作文都定出一個個題目來，似乎這樣就可以了。在他寫出來作文後，我立刻修改，並告訴他錯在哪兒，可在他看來，這不夠好玩兒。

「我們班的同學都沒有這樣的。」

我說：「你不知道你的作文寫得很差嗎？」

「我們班還有比我差的呢。」他依然在辯解。

我就正兒八經地告訴他：「你怎麼不跟那些學習成績好的比？」

兒子似乎無話可說了，或者知道再爭辯也是無益，作文還得照常寫下去。無奈之下，就只好寫去。雖然主題已定，內容也大致有了，不過半個小時就交卷，我看了一下，錯的依然不少。

「你這跟沒寫差不多的嘛。沒有點效果，寫之前就應該想好先後順序，如此作文看上去才有條理的呀。」

這道理想必他也明白，只是把這「作文」當成一項任務來完成，至於後果如何，無須擔憂，自然是不必謹慎寫下去了。接下來，我想了一招，就一個話題寫上七天，句子不能重複，段落、意思也要有差異，叫他體驗下文字變化之間帶來的樂趣，或許更有意思一些。

不過，這美好的想法也只能堅持一兩天，就再也堅持不下去了：「不行啦，再寫就寫死人啦。」在他看來，這比上學讀書還令人難受，在學校至少還沒有受這樣的罪。

「你也知道困難了吧。」我待在一邊看他，忍不住笑。我甚至還想說一下：「你不多訓練一下，就難以把作文寫好啊，以後工作了，寫個報告就這樣的錯法，可真是無可救藥了。」但我還是忍住了，說那麼遙遠的事，對他來說幾近廢話，還是解決眼前的問題才是最要緊的呢。

後記

對一個「宅男」來說，不去上班的日子是經常性的，沒有所謂的工作上的壓力，卻有著生活的壓力，以及由此帶來的種種焦慮。不過，即便如此，因為時間能自己把握，自由安排，不必在乎「老闆」臉色，卻是一大益處。閒暇之餘，喝茶、會友，過家常日子，古怪精靈也好，樸素度日也罷，反正就那麼一回事吧。

這樣的日子，對「上班族」來說，有著怎樣的誘惑呢？大致說來，都會投來羨慕的目光罷了。前幾天，跟詩人馬嘶坐在一起喝酒、閒聊。他說：「我們幹嘛去掙那麼錢呢，擠在大城市裏，呼吸不太清潔的空氣，吃不太安全的食品，就連交通都是擁堵的。我的理想就是，在鄉下蓋一處四合院，離城市也不那麼遠，大家閒了沒事可以過來喝喝茶聊聊天，聽一聽自然的聲音。」當然，這一種境界，就更令人羨慕了。

我們放不下。明明知道，這個時代充斥著浮躁、世俗的氣息，卻仍然投身進去，在那裏折騰，謀求「虛浮」，並美其名曰是一種幸福。但很少去聽一聽內心的渴望。

因為走得太快，我們忘記了生活應該是什麼樣子。

想想先民的生活，就覺得有點汗顏。在文化上，可能我們並沒喲進步多少，在思想上倒是急功近利了不少。不僅如此，我們以為仰望星空，就會看見滿天繁星，但事實上，並不是那麼回事。

即便如此，我們是該積極一點，還是笨拙一點去生活？依然是一個問題。在生活美學的層面上，我們失去了太多太多，以至於想找回生活的本來面目，都會成為一種奢望。在這個社會，在這樣的語境下，生活猶如劇場一般，展現給我們的是一種怎樣的生活態度或方式？

想起來，美好，不美好的生活，好像都蘊含在這歲月當中了。正是因為這樣，才有了生活記錄的必要。

在《生活劇場》裏，不管是四處張望，還是站著原地眺望，甚至發呆，都試圖在尋找一種被稱為「有意義的生活」。

最後，要感謝家人對我的寬容和支持。兒子朱皓天和女兒朱嘉婷都在書中出場，當然，最重要的是我的太太給我的支持，這家庭的溫暖，對我來說，是一種精神的療傷，是在俗世生活中的蓮花，讓人歡喜。

在這裏，感謝好友潘小嫻，是她最早提出在報紙上開設一個記記生活小事的專欄。那以後，每次的交稿好像都經歷了一場體驗。此後，這個系列得以在張翔武兄主持的副刊上得以出現。雖然斷斷續續，這個系列堅持了一年，成就了生活劇場。

同時，也感謝蔡登山兄的支援，和林泰宏兄的辛勞編輯，這《生活劇場》才得以順利問世。

釀文學119　PG0821

生活劇場

作　　者　朱曉劍
主　　編　蔡登山
責任編輯　林泰宏
圖文排版　張慧雯
封面設計　陳佩蓉

出版策劃　釀出版
製作發行　秀威資訊科技股份有限公司
114台北市內湖區瑞光路76巷65號1樓
電話：+886-2-2796-3638　傳真：+886-2-2796-1377
服務信箱：service@showwe.com.tw
http://www.showwe.com.tw
郵政劃撥　19563868　戶名：秀威資訊科技股份有限公司
展售門市　國家書店【松江門市】
104 台北市中山區松江路209號1樓
電話：+886-2-2518-0207　傳真：+886-2-2518-0778
網路訂購　秀威網路書店：http://www.bodbooks.com.tw
國家網路書店：http://www.govbooks.com.tw
法律顧問　毛國樑　律師
總 經 銷　聯合發行股份有限公司
231新北市新店區寶橋路235巷6弄6號4F
電話：+886-2-2917-8022　傳真：+886-2-2915-6275

出版日期　2012年10月　BOD一版
定　　價　300元

國家圖書館出版品預行編目

生活劇場 / 朱曉劍著. -- 一版. -- 臺北市 : 釀出版,
2012.10
面； 公分. -- (釀文學 ; PG0821)
BOD版
ISBN 978-986-5976-71-2 (平裝)

855 101018696

讀者回函卡

感謝您購買本書，為提升服務品質，請填妥以下資料，將讀者回函卡直接寄回或傳真本公司，收到您的寶貴意見後，我們會收藏記錄及檢討，謝謝！

如您需要了解本公司最新出版書目、購書優惠或企劃活動，歡迎您上網查詢或下載相關資料：http:// www.showwe.com.tw

您購買的書名：________________________________

出生日期：________年________月________日

學歷：□高中（含）以下　□大專　□研究所（含）以上

職業：□製造業　□金融業　□資訊業　□軍警　□傳播業　□自由業
　　　□服務業　□公務員　□教職　□學生　□家管　□其它______

購書地點：□網路書店　□實體書店　□書展　□郵購　□贈閱　□其他

您從何得知本書的消息？

□網路書店　□實體書店　□網路搜尋　□電子報　□書訊　□雜誌
□傳播媒體　□親友推薦　□網站推薦　□部落格　□其他________

您對本書的評價：（請填代號　1.非常滿意　2.滿意　3.尚可　4.再改進）

封面設計____　版面編排____　內容____　文／譯筆____　價格____

讀完書後您覺得：

□很有收穫　□有收穫　□收穫不多　□沒收穫

對我們的建議：________________________________

____

____

____

請貼
郵票

11466
台北市內湖區瑞光路 76 巷 65 號 1 樓
秀威資訊科技股份有限公司 收
BOD 數位出版事業部

（請沿線對折寄回，謝謝！）

姓　　名：＿＿＿＿＿＿＿＿　年齡：＿＿＿＿　性別：□女　□男

郵遞區號：□□□□□

地　　址：＿＿＿＿＿＿＿＿＿＿＿＿＿＿＿＿

聯絡電話：(日)＿＿＿＿＿＿＿＿　(夜)＿＿＿＿＿＿＿＿

E-mail：＿＿＿＿＿＿＿＿＿＿＿＿＿＿＿＿